# 貓咪的最後時光

有川浩

Arikawa Hiro
みとりねこ

王華懋—譯

· CONTENTS ·

# 小八時間

～旅貓日記外傳～

他醒來的時候，身在箱子裡。

左右張望，有一隻一起出生的手足，毛絨絨的白色胎毛上，散布著三花斑點。

本來應該還有很多同樣花紋的其他手足，但箱子裡只有他和這一隻而已。

箱蓋虛掩著，縫隙間射入光線。

只要開口鳴叫，母貓應該就會趕來。他扯開嗓門咪咪叫起來，手足貓也跟著一起咪咪叫。

很快地，箱蓋打開來了，然而探頭窺看的不是母貓，而是個陌生的男孩。男孩腦袋後的背景，是一片無限蔚藍的晴空。

男孩露出戰慄般的表情，只是默默地盯著箱子裡看。

這時……

「哇啊，是貓咪！」

一道活潑的聲音從天而降，另一個男孩從後方探頭過來。

「怎麼會有貓咪？」

「他們被丟在這裡。」

「嗚哇，好可愛喔～」

後來的男孩把手伸進箱子裡，用手指撫摸他和手足貓。於是第一個男孩也跟著伸手摸起來。

「……要抱抱看嗎？」

後來的男孩提議道，把雙手捧成碗狀，把他捧在掌心裡撈了起來。第一個男孩也有樣學樣，把手足貓捧在掌心上。

「是被人家丟掉的嗎？」

後來的男孩回應第一個男孩：「應該吧。」「好過分。」兩個男孩喃喃道。

「差不多得走了，游泳課要遲到了。」

「是啊，該走了。」

兩個男孩彼此喃喃說，卻遲遲沒有要起身離開的樣子。

後來的男孩磨磨蹭蹭直到最後一刻。

「走了啦，悟。」

被第一個男孩催趕，叫悟的男孩百般不捨地放下了他。

接著，男孩們跑掉的腳步聲遠離消失了。

接下來沒有多久，一片陰影罩上了箱子。這回是兩個戴黃色帽子的女孩在探頭看。

「好可愛！」

歡欣的聲音從天而降，接著一雙手不客氣地伸過來把他撈起。手足貓好像也一樣被抱了起來。

「是被人丟掉了嗎？好可憐。」

「好想帶回家養喔。」

「○○，妳家可以養貓嗎？」

「不曉得……可是這麼可愛，我媽媽看到，一定也會答應的。」

「咦！那如果妳家養的話，我要去看。」

「好哇！欸，哪隻比較好？妳覺得哪隻比較可愛？」

兩個女孩開始評比兩隻小貓。她們輪流把貓咪撈起來，翻來覆去地檢查。

「這隻好了。」

「咦？那隻喔？那隻尾巴彎彎的，很奇怪欸。」

「會嗎？那這隻好了。」

女孩把他放回箱子裡，改撈起手足貓。和尾巴末端彎曲的他不同，手足貓的尾巴是筆直的。

就這樣，手足貓再也沒有回來了。

剩下孤單一貓，他突然不安了起來。咪呀～咪呀～他扯著喉嚨叫喚著。以前只要這麼叫，母貓就會飛快地趕來安撫，但現在任憑他叫破了喉嚨，也不見母貓的蹤影。

沒多久他叫累了，叫聲也愈來愈微弱了。濃濃的睡意籠罩上來，他連自己什麼時候縮成了一團睡著都不記得了。

窸窸窣窣的說話聲把他吵醒了。朝聲音的方向抬頭望去，是先前說要上游泳課而跑掉的兩名男孩。

「另一隻怎麼不見了？」

好像是在說被帶走的手足貓。

能不能養呢？要是能養就好了……兩個男孩喃喃自語著，目不轉睛地盯著他看。很快地，叫悟的男孩以立下決心的語氣低聲說：

「……我拜託媽媽看看吧。」

「太奸詐了！」

那彷彿責怪的強烈語氣把悟嚇到了。責怪的男孩驚慌地接著說：

「……因為，是我先找到他的啊。」

「對不起。」悟道歉說。「是小幸先發現的，所以是小幸的貓咪呢。」

結果叫小幸的男孩把他連箱子一起抱回家了。然而……

「不行不行！怎麼能養貓！」

小幸稱為「爸爸」的男子似乎不打算接納他。

小幸央求了老半天，最後還是放棄了。他哭哭啼啼，抱著裝著他的紙箱離開家門，好像打算再次把他丟回外面。
但小幸前往的地方，是悟的家。
「小幸，怎麼了？」
「我爸爸說不能養貓……」
小幸抽噎著說，悟說：
「我知道了。交給我吧，我有個好主意！」
悟拉著小幸的手離家，家裡的人揚聲問：「你要去哪裡？」他朝氣十足地回道：「我要和小幸離家出走一陣子！」
「我有個作戰計畫。」悟語氣激動地滔滔不絕，「前陣子我在學校的書裡看過，一個小男孩撿到小狗後，爸爸很生氣地要他把小狗丟回原本的地方，但主角實在捨不得丟掉，就離家出走了。結果半夜爸爸出來找他，說：『如果要養的話，你要自己好好照顧他！』最後就答應他了。」
所以你也帶著小貓離家出走就好了……悟似乎是這個意思。小幸好像懷疑真能這麼順利嗎？但還是被熱心的悟說動了。
悟和小幸在公園吃零食，餵他吃貓罐頭。那是嚐起來營養豐富的泥狀食物。他因為餓了，狼吞虎嚥地吃著，把整個鼻子塞進泥狀食物裡，打了個噴嚏，悟和小幸都被逗笑了。

然而悟的作戰計畫並不順利。

「小幸！」

小幸的父親跑來吼人了。「你要鬧脾氣到什麼時候！」、「快點給我回家！」

他邊說邊罵著這類內容。

「有敵人！快逃啊！」

悟號令一下，紙箱劇烈搖晃起來。原來是兩人抱起箱子拔腿狂奔了。

他在箱子裡東倒西歪，滾來滾去，都分不清上下左右了。

晃動總算平息後，箱蓋打了開來，兩人擔心地探頭觀察：

「小貓沒事吧？我一直把紙箱搖來晃去的。」

再繼續搖下去就要死了，因此他使盡全力抗議：咪呀……！

「我聽到貓的叫聲了！」

「在頂樓！」

大人的叫聲裡，摻雜著小幸父親格外響亮的怒吼聲：

「幸介！你還不適可而止！」

聽到那暴跳如雷的吼聲，小幸都快哭出來了：

「根本一點也不順利嘛！悟這個大騙子！」

「不，還不能肯定！這時候要逆轉情勢……」

「怎麼可能嘛！」

兩人鬧起內鬨。這段期間，大人追兵們似乎也在討論要如何逮到這兩個兔崽子。

「可以從那邊的緊急逃生梯爬上去喔！」

七竅生煙的小幸父親好像要爬上來了。

「完蛋了啦！」

雖然不知道什麼東西完蛋了，但對他來說，只要不再繼續搖晃，什麼都好。

這時，悟揚聲大叫：

「別過來……！過來的話，我就跳下去喔……！」

大人們一陣譁然。

「小幸他是這麼說的……！」

「咦咦……?!」

小幸驚呼。看來這是違反小幸意志的宣言。「悟，你擅自胡說什麼啊！」小幸責罵悟，兩人又爭執起來。

「悟，你說的是真的嗎?!」

「真的真的！他現在脫鞋子了！」

「哇！」大人們又驚叫起來。

「別開玩笑了！」

又是小幸父親的大聲飆罵。

「耍任性也該有分寸，我現在馬上就過去，把你拖下來！」

「叔叔，不行啦！小幸的決心非常堅定！你過來的話，他就準備和貓咪一起跳下去同歸於盡喔！」

雖然他不是很清楚什麼叫同歸於盡，但事情發展似乎會把他一起拖下水。萬一受牽連，實在不可能有什麼好的結果。本能告訴他最好溜之大吉，但紙箱牆面實在太高，他無法自力翻越。

至於兩個男孩，還在那裡爭吵。

「請你不要擅自賭上我的性命！」

「可是，小幸想養小貓吧?!」

「我當然想養，可是……！」

小幸語塞，接著發飆似地嚷嚷：

「話說回來！應該先問問看悟你家裡願不願意養貓吧?!」

「咦？」悟倒抽了一口氣。「我可以收留小貓嗎?!」

「一般來說，在讓朋友和貓自殺之前，都會先考慮這個辦法吧?!」

「什麼嘛！可以這麼做的話，你要早點說啊！」

……結果他便成了悟家的貓。

回家以後，悟被爸媽罵得狗血淋頭。

悟在爸媽的數落中飽餐了一頓。

他也吃了很多倒在碟子上的貓罐頭。吃著吃著，泥狀食物不斷地被推到碟子邊緣，剩下的幾口怎麼樣都吃不到，於是母親用手指幫忙把剩下的殘渣堆到中間給他吃。

吃完飯後，他正在洗臉，悟那邊似乎也訓完話、吃完飯了。

「大概兩個月大吧。」

母親說著，伸手搔他的耳朵後方。感覺好像被母貓舔，他忍不住自喉嚨發出呼嚕聲響。

「哇，他在叫耶。」

悟睜圓了眼睛盯著他看。

「貓咪覺得舒服的時候，喉嚨就會呼嚕呼嚕響。」

「是喔？」悟點點頭，母親說著「還有這裡也是」，用指尖搔他的下巴底下。

悟也跟著模仿，但比起母親，動作笨拙了許多，功力還不到家。

「是鉤子尾巴[1]呢。」

「鉤子尾巴？」

「你看，他的尾巴尾端不是像鉤子一樣彎彎的嗎？」

母親用指頭順著他的尾巴摸下來。因為尾巴中間折起來似地彎曲，白天的女孩們沒有選擇他。但是在這個家，彎尾巴似乎不是個問題。

「得幫他取個名字。」

父親說道，悟立刻吵鬧地舉起手，「我來我來！」

「叫藍寶堅尼！藍寶堅尼！」

「太長了很難叫。」母親說。

「麥拉倫！麥拉倫！」

「不准取車子的名字！」

「明明就很帥氣！」

悟和母親吵起來，父親介入仲裁：

「爸爸不喜歡洋名字，日本名字比較好，比較有親切感。他身上有斑點，就叫小斑怎麼樣？」

「不要，太隨便了。」

被母親打槍，父親垂頭喪氣。

悟細細端詳他的臉，接著……

「叫小八怎麼樣？」

1. 譯註：即俗稱的「麒麟尾」。

父親和母親眨了眨眼。
「你們看，他額頭上的斑點很像『八』的形狀。」
「這隨便的程度真是半斤八兩。」
母親瞟向父親說：「男生都像爸爸嗎？」父親尷尬地扭動了一下身體。
「可是雖然都很隨便，但悟的至少還有一點創意。而且『八』是上窄下寬，代表前途開闊，很吉利。」
名字就這樣決定了。悟把他抱起來，把鼻頭抵在他的鼻尖上說：
「小八！你就叫小八！回應一下啊，小八！」
咪……他叫了一聲，悟的表情頓時整個燦爛起來，臉頰閃閃發亮。
「他回應了！他知道是自己的名字！」
悟用發亮的臉頰磨蹭他。
就這樣，他變成了悟家的小八。

🐾

和母貓及手足貓一起生活的以前的家，小八原本依稀記得，但來到悟的家三天以後就忘個精光了。

小幸天天跑來悟家玩。這天，他帶了逗貓棒當禮物。

「昨天在超市叫我媽買給我的，這個頭聽說是兔毛做的喔。」

小幸在小八面前揮動逗貓棒，灰色的兔毛在眼前激烈地左右晃動。

確實是令人眼花撩亂，但動作太單調了，一點都不讓人興奮。

「不是那樣啦。」

悟搶過小幸手中的逗貓棒。他把棒子藏在坐墊底下，只露出一點兔毛頭，輕輕抖動一下，戛然靜止，接著又鬼祟地動了動。

小八的屁股反射性地抬高起來，鉤狀尾巴甩動了幾下，身體伏低，接著四腳猛地一蹬，飛撲上去，前腳成功地按住了逗貓棒！……還這麼以為，沒想到灰色的棒子咻地溜出小八的手，在稍遠處搖擺著。

小八再次一躍而上，這回棒子迅速地鑽進坐墊底下消失了。上一秒以為消失了，下一秒又在背後忽隱忽現，小八殺紅了眼，扭身再次撲上去。然而只差一點就要抓到，逗貓棒再次溜出小八的手，遲遲抓不到。

小幸佩服地讚嘆：

「悟，你真的很會逗貓耶。」

「嘿嘿～」

悟得意洋洋，但他的逗貓技巧都是母親傳授的。母親逗得更靈巧，她說她小時候家裡有養貓。
「我知道怎麼逗了，換我換我。」
小幸展開復仇戰。他模仿悟晃動逗貓棒，但動作還是有點太快了。小八的眼睛隨著逗貓棒移動，卻抓不到撲上去的時機。
「再慢一點啦。」
「欸，小八是不是有點遲鈍？」
「才不是呢，人家小八是文靜。」
「文靜」這個形容詞是父親和母親說的，意思和「遲鈍」有一點像，但似乎是更委婉一點的說法。
小幸停止左右晃動逗貓棒，改為在坐墊的同一個位置把棒頭忽前忽後地推動。因為沒有左右搖晃的假動作，小八也比較好抓。
「吃點心囉！」
母親端來的是鬆鬆軟軟的白色蒸蛋糕。小幸可能被點心轉移了注意力，動作變慢了一些，小八趁隙攻擊，一把抓住了灰色的兔毛。他細心地從根部又啃又咬，樂在其中。
「怎麼沒有葡萄乾？」悟說。
「不是每次都有好嗎？」母親應聲。
「咦～」悟不滿地噘嘴，母親彈他的額頭，「挑剔鬼。」

「我喜歡可可口味的。」小幸說。

可可色的蒸蛋糕也是常見的點心，母親會在蒸蛋糕的材料裡面加進可可粉。

「可可也缺貨啦！給什麼吃什麼，不許挑！」

小幸也吃了一記彈額頭。小幸被彈額頭，卻顯得很開心。

兩人開始吃點心，逗貓棒不會動了。小八覺得無聊，撲向悟的腳尖開咬。

「好痛！不要咬啦，吼！」

小八追趕逃躲的腳尖，悟站起來求饒：「好啦好啦。」他翻找裝小八玩貝的布箱子，取出老鼠玩具，全身白毛的老鼠附有一條細細的皮革尾巴。

「來喔來喔，你喜歡玩這個吧？」

悟捏著皮革尾巴甩動老鼠。

「去！」

老鼠被扔向走廊，小八瘋狂地追趕。小八追到之後用貓掌狂拍，老鼠在光滑的走廊上滑動，又被小八拍擊，滾到別的方向。

「小八很喜歡那隻老鼠呢。」小幸說。

「給他那隻老鼠，他就會自己玩上一陣子。」

「他也會抓真的老鼠嗎？」

「不曉得耶……」

過了一個季節，小幸的疑問得到了解答。

「天哪，有老鼠！」

正在整理壁櫥的母親大聲尖叫。好像是打開壁櫥上層，有老鼠跳了出來。

老鼠飛快地竄過房間，撞上正好經過的小八。

「小八，抓住牠！」

就算母親這麼說，那隻老鼠也足足有平常的白色老鼠玩具的三倍大，顏色也是髒兮兮的灰色。最重要的是，不用人丟、不用貓掌拍，也會自己跑來跑去。小八從來沒看過這種老鼠。

他不知該如何是好，忍不住後退了。

老鼠毫不遲疑，直接鑽過小八的兩腿之間，逃往玄關。竄過腳邊時捲起的旋風嚇到了小八，他一屁股軟在地上。

「把牠放出去！」

父親拿著捲起的報紙，蹬蹬蹬地衝向玄關。

「悟，快關門！」

聽到母親命令，悟關上起居室通往走廊的門，接著在小八前面蹲下來。

「你是貓耶，居然輸給老鼠，真沒出息。」

對小八來說，這樣的責怪實在讓他很不是滋味。那才不是小八所知道的老鼠。

「哎唷，他這輩子第一次看到真老鼠嘛。人家小八是深閨貓咪。」

就說那不是老鼠了！小八喵聲抗議，但悟和母親都沒理他。

「喂，老鼠趕出去了！」

父親回來了。

「小八被老鼠當成隧道了呢。」

父親摸了摸小八的頭安慰。小八再次重申那不是老鼠，卻沒人肯聽。

「我們家就算有老鼠出沒，貓也派不上用場呢。」母親說。

真是夠了！小八在沙發角落蜷成一團。

這種不講理的家人，他奉陪不下去了。

「有什麼關係，我們家養的不是貓，是小八。」父親說。

「小八，你鬧彆扭囉？」

悟走過來摸摸小八。現在再來討好也太遲了。

「抓不到老鼠也沒關係啦，小八是我們家的寶貝貓咪。」

小八本來想要生一陣子的悶氣，但是被悟搔搔耳後、摸摸下巴，拚命討好，終於還是拗不過，很快就喉嚨呼嚕呼嚕響了起來。

被撿到的時候是個大哥哥的悟，不知不覺間變成比自己還要童稚的小朋友了。

貓的時間和人的時間流速好像不一樣。發現貓的時間過得相當快的時候，小八早已超越悟的年紀，變成一隻大貓了。

逗貓棒和老鼠也不像小貓那時候那麼吸引人了。愈來愈多時候，悟想逗他玩，他卻提不起勁來。

「撿來的時候明明這麼小說。」

小幸用雙手捧成的形狀，大概可以放進一顆拳頭。小八覺得再怎麼說也比那還要大，但小時候的回憶似乎會被誇大。一定是因為還小，所以所有的記憶都被極端化地烙印在腦海裡吧。小八還是小貓的時候，也覺得悟看起來就像一座小山那麼大。

比起小八，悟和小幸長得非常慢。貓過了一年，體型就變成出生時的好幾倍大，但他們兩個都過了一年，身高卻只長了幾公分。

他們到底要花上幾年才會變成大人呢？小八覺得非常神秘。

小八被撿到以後，進入了第二個春天。

兩人揹在身上的黑色書包不知不覺間變得有點小。每天仔細觀察，也完全看不出差異，但漫不經心地過著日子，赫然發現時，他們的手腳都變得好修長了。

春季過去，進入初夏，悟帶了一座金色的獎盃回家。他從以前就偶爾會帶獎盃回家，但這麼大的獎盃還是頭一遭。

這天的晚飯，全是悟喜歡的菜色。炸雞塊、馬鈴薯沙拉、外帶的不加芥末的壽司。壽司桶裡有三分之一是玉子壽司。

小八也沾了光，得到蒸雞胸肉大餐。

眾人坐在大餐前，悟用果汁，父親和母親用啤酒乾杯。

「悟，恭喜你拿到冠軍！」

悟好像參加了和小幸一起上的游泳學校的比賽。在目前為止最大的一場比賽，悟拿到了第一名。

「悟真的好厲害。爸爸讀小學的時候，只能游二十五公尺。」

「有什麼辦法，我們是北海道的小孩啊。」

母親說，北海道就算在夏天，海水和河水也很冰冷，所以下水的機會很少，擅長游泳的人似乎不多。

「游泳老師說希望你上了國中以後也繼續游泳，你自己有意願嗎？」

悟忙著吃母親做的炸雞塊，心不在焉。他已經吃了三個了，中間還穿插吃玉子壽司。

「嗯……小幸也一起的話再說。」

他敷衍地應道，吃起第四個雞塊。說到小幸，他似乎不太擅長游泳，聽說這次的比賽也只是幫忙加油。

「國中的話，應該有游泳隊吧？」

父親試探地問，悟一樣應道「小幸也參加的話再說」，吃起玉子壽司。

「小幸有說要繼續學嗎？」母親問。

「還不曉得啦。」

對悟來說，游泳的魅力似乎全看小幸是不是也一起。

悟對游泳似乎不是那麼有熱忱，讓父親頗為遺憾。

「唔，如果你想繼續的話，就繼續學吧。」

父親說著，因為啤酒瓶空了，要求母親拿新的來。「拜託，老闆！」父親膜拜道，母親笑著離座去廚房。

悟可能終於吃膩了玉子壽司，拿起鮪魚壽司。小八頻頻伸爪勾他的袖子，於是悟把鮪魚肉拿下來給小八，自己只吃醋飯。

不知道悟和小幸上了國中以後還會不會繼續游泳。但不知不覺間，他覺得自己往後也會繼續照看著兩人健康地手腳變長、愈長愈大。

小八和手足貓一起被拋棄，不是去到別人家，而是來到了這個家。這應該是為了像這樣照看著悟和小幸像這樣一點一滴慢慢長大吧。

「小八！」

悟可能是差不多飽了，伸手勾住小八的尾巴。悟喜歡小八鉤狀的尾巴，動不動就像這樣撈著玩。

撿走和小八一起被拋棄的手足貓的女孩，因為小八的尾巴是彎曲的鉤子尾巴，所以沒有選擇他。

但鉤子尾巴對小八來說，是莫大的幸運。

三溫暖般的夏季過去，風終於涼爽起來。

天空也似乎變得高遠了。

「媽，旅行袋呢?!妳說今天會買給我對吧！」

放學回來的悟纏著母親不放。

「有有有。」

母親笑著取出白天剛買回來的旅行袋，那是布料沙沙作響的藍色大旅行袋。

「可以裝東西進去了嗎?!」

「校外教學還有一個禮拜耶！」

「可是快點裝好行李，到時候就不用慌張了！」

校外教學這項學校活動，對悟來說，似乎是一件大事。

「三天的旅行，要帶幾件內褲?!」

「兩件吧。」

「不是三件嗎?!」

「第一天的不就穿在身上了嗎?」

母親解釋,但悟似乎無法理解。

「可是不會不夠穿嗎?」

「要不然你帶三件去好了,這樣就不怕尿床沒褲子換了。」

母親以歌唱般的語氣調侃說。悟惱怒得滿臉通紅,捶打母親,「我早就不會尿床了!那都多久以前的事了!」

悟說得確實沒錯。他在塾被上尿出世界地圖形狀,是小八還是小貓時的事了。那個時候,小八有時候也會不小心尿在廁所以外的地方。那是好久好久以前,久到都幾乎快想不起來的往事了。

就像小八已經不會不小心尿錯地方,悟也不會尿床了。

「我早就不會尿床了,只是覺得不夠而已啦!」

「那你去問問小幸啊?」

小幸來家裡玩,悟問他三天的旅行要帶幾件內褲,兩人在畫畫本上畫起內褲的圖案,討論了老半天。

「第一天洗澡,換一件。第二天洗澡,換第二件。第三天……」

「第三天就回家了，不用帶了啦。」

小幸說要帶兩件，但是聽到悟說「可是明明是去三天」，似乎瞬間失去了自信。悟在紙張角落用淡淡的線畫了好幾條內褲。

「所以說……」

路過的母親從悟的手裡搶走鉛筆，在第一天洗澡的內褲前面畫了一個穿著內褲的人。頭上戴著像棒球帽的東西，所以好像是男生。

「有一件本來就穿在身上啊。從家裡穿去的內褲，和第一天洗澡換的內褲，加上第二天洗澡換的內褲，你看，總共有三件。」

母親指著畫上的內褲解釋，兩人總算一臉恍然大悟。

「那，帶兩件就行了呢！」

「對呀。」

母親神氣地說，但回到廚房後驚呼了一聲。她看著貼在冰箱上的一張通知單，道歉說：

「你們兩個，對不起！校外教學須知上面叫大家多帶一件預備的內褲！所以還是要帶三件！」

「咦……?!」

好不容易被說服了，卻又被推翻，兩人噓聲大作。

「那，三天旅行到底要帶幾件內褲啦?!」
「本來是兩件，本來啦。」
母親走過來，在畫畫本第二天的內褲後面畫了個括弧，裡面再畫了一件內褲。
「只是再多帶一件，有備無患而已。」
「什麼叫有備無患？」
「就是萬一尿床……」
「就說我不會尿床了！」
一陣吵鬧之後，最後結論似乎是帶三件內褲。
「襪子呢？襪子也帶三雙嗎？」
聽到悟的問題，母親又跑去看旅行須知了。
「襪子沒有特別要求帶預備的去呢。帶兩雙就夠了吧？」
「可是，萬一下大雨濕掉怎麼辦？」
「擔心的話就帶三雙吧。」
於是悟和小幸又開始討論到底要不要帶預備的襪子。
貓的話，什麼都不用帶，但人類身上穿戴著各種物品，感覺好麻煩。小八用眼角餘光掃著討論的兩人，鑽進袋口大開的旅行袋裡面，蜷成了一團。

然後，終於到了校外教學前一天。

「接下來……牙刷！」

「有！」

悟和小幸同時從旅行袋裡取出牙刷牙膏，像金牌一樣高高舉起。至於他們在做什麼，是在檢查東西是否都帶齊了。小幸還特地把自己的旅行袋從家裡拿來。小幸逐項唸出旅行須知上面列出的攜帶物品，兩人各自從旅行袋裡取出來，彼此確定。

「你們那樣搞，到時候忘記放回去，我可不管囉。」

母親邊收衣物邊說，但兩人說「不會啦」，我行我素。

「內褲有帶嗎？」

「有三件！」

「襪子有帶嗎？」

「帶兩雙！」

襪子最後好像決定帶兩雙。

檢查過全部的物品後，兩人心滿意足地關上旅行袋。但小幸的牙刷組掉在旅行袋後面，悄悄地被遺漏了。

就說吧？小八用前腳把牙刷挖了出來。

「啊！小幸你忘記牙刷了！」

悟催促，小幸從小八手中沒收牙刷：

「好險！」

「不可以喔，小八，這可不是玩具。」

好意提醒你，說的這是什麼話？小八嘔氣地瞇起眼睛，悟拿來逗貓棒說：「玩別的吧。」

雖然還有點生氣，但兩個人三天都不在，就饒了他們好了，小八想。如果在小八沒有氣消的情況下出去旅行，他們可能會在旅途中掛心。最重要的是，悟和小幸還是小孩子，他們體會不出大人的用心，也是沒辦法的事。

而且母親訓練出來的悟的逗貓技巧，還是令人難以抵擋。

小八追著唰唰移動、倏忽停住的逗貓棒，東奔西跑了好一陣子。途中好幾次換小幸逗，但小幸的逗貓技術還是比悟遜色幾分。和悟不一樣，小幸都不讓小八抓到獵物，實在很沒趣。

「已經是吃晚飯的時間囉。」

母親在廚房招呼。

「小幸也差不多該回家了。明天就是校外教學了，早上不是很早就要去集合嗎？」

「咦，可是難得小八玩得正起勁呢。」

哪裡哪裡，請不用顧慮我——小八放開逗貓棒，母親也幫腔說：

「你隨時都可以來跟小八玩啊。」

「好～」

小幸摸了摸小八的頭說「再見」，抱著旅行袋回去了。悟送小幸出門後，把旅行袋拿回自己的房間。兩人都沒發現小八事後為他們檢查有沒有忘記東西的一番苦心。果然還是小朋友。

這天晚上，悟吃著晚飯，興奮無比：

「爸，你想要什麼禮物?!」

「只要是你買回來的東西，爸爸都很開心。」

父親說這話應該是體貼，卻被悟頂了一句「真無聊！」垂頭喪氣。

「那媽呢？」

「幫我買楊枝屋的吸油面紙。」

「什麼是吸油面紙？」

母親聞言，起身從平常使用的購物托特包裡取出小化妝包。打開一看，裡面裝著粉餅和口紅。是母親變身為美女時使用的道具。

母親從化妝包裡掏出一本薄薄的小冊子，裡面是一頁頁幾乎透明的紙張。

「喏，就是這個。楊枝屋的封面畫著一個女人的臉。」

「怎樣的女人？」

「畫給你看……」

母親在便條紙上畫了一個又拙又可愛、像木頭娃娃的臉。悟細細地打量那張圖：

「……如果有更可愛的，可以買別的嗎？」

「不要，人家就要楊枝屋的～」

母親吵著說。悟老成地點點頭，「真拿妳沒辦法。」

這天晚上，悟興奮期待，似乎輾轉難眠。上床之後，仍在床上翻來覆去個老半天，害得小八每次都得更換在床上睡覺的位置。

「怎麼辦，睡不著，明天要早起說……」

悟把枕邊的時鐘拿到眼前，發出快哭出來的聲音說。接著他下床了。小八也擔心地跟上去，只見悟離開房間，前往起居室。起居室還亮著，母親還沒有睡覺。

「媽……」

在餐桌上寫東西的母親笑著站了起來，「好好好。」

母親在廚房忙了一陣子，微波爐「叮」了一聲。她端出來的是一只熱氣蒸騰的馬克杯，加熱的牛奶散發出柔和的奶香。

每次遠足前一天、林間學校活動的前一天、家庭旅行的前一天，悟老是興奮過度睡不著覺。這時母親就會為他端出「可以香甜入睡的藥」。

「今天特別加了兩匙蜂蜜，很有效的。」

悟點點頭，坐在沙發上呼呼吹著馬克杯。

「媽，妳去過京都嗎？」

「去過幾次。」

「有去過清水寺嗎？」

「有哇，湯豆腐好好吃呢，自由活動時間的時候，你也去吃吃看吧。」

「豆腐好無聊。」

有一搭沒一搭地聊著這些拉雜小事，悟喝完牛奶的時候，眼皮似乎終於沉重起來。

悟向母親道晚安，回到房間，上床之後，這次翻了幾次身，很快就睡著了。小八也在他的腳邊蜷縮起來。

接著隔天早上順利早起，悟和來接他的小幸一起活力十足地出門了。

兩天後，悟就會帶著禮物回來——原本應該是這樣的。

🐾

悟離家的隔天，下起了傾盆大雨。

難怪小八會覺得眼皮沉重。降雨會為貓帶來睡意。

小八只吃了早飯，便在沙發上蜷成一團，父親打著領帶，窺望窗外說：

「雨下得好大啊，不曉得悟要不要緊。」

「天氣預報說西日本會是晴天，沒事啦。」

「那就好。如果那裡雨也下成這樣，旅行就泡湯了。光是走到車站全身都濕了。」

「你不用擔心，我開車送你啦。」

父親用完早飯，穿上西裝外套，母親把父親吃完的餐具端到廚房泡水。

接著兩人慌慌張張地出門去了。父親對小八說「我去上班了」，但母親沒有道別。因為母親打算一下子就回來。

令人厭倦的雨聲毫無轉弱的跡象。碰上這樣的雨天，貓只能埋頭大睡熬過去。

綿綿不絕的水聲間，遠遠地似乎夾帶著柔和的警笛聲，是心理作用嗎？

嗶嗶——度估——嗶嗶——度估——

盡情睡了一覺，實在是睡飽了。小八打了個大哈欠，弓起背來伸了個懶腰。接著跳下沙發，走向廚房。從肚子餓的程度來看，應該已經過中午了。

流理台旁邊固定位置的貓碗裡，還留著早上吃剩的乾糧。量雖然不夠，但小八覺得吃著吃著，母親就會發現，來為他添滿，所以還是吃了。

但碗都清空了，母親還是沒有來到廚房。家中充斥著滿滿的雨聲，沒聽見母親在屋內走動的聲息。

小八儘管訝異，卻又抵抗不了強烈地湧上來的睡意，再次進入夢鄉。

嗶嗶——度估——嗶嗶——度估——度估——度估——

不知不覺間，雨聲轉弱了。玄關門鎖打開的聲音把小八吵了起來。

好慢喔，我肚子都快餓死了——小八趨前迎接，進門的卻不是母親。來人長得和母親有點像，但比母親年輕了許多。

是母親的妹妹，阿姨。她來家裡玩過幾次。

阿姨看到小八，有點嚇到。從過去的經驗，小八知道阿姨好像很怕貓，所以刻意沒有靠近。

「悟。」

阿姨催促，提著旅行袋的悟走進玄關。

小八想要湊上去磨蹭悟的膝蓋歡迎他回來，卻在拖鞋處進入室內的地方忍不住卻步了——這真的是悟嗎？

悟一臉蒼白，面無表情。

悟的表情總是千變萬化，令人眼花撩亂，現在卻只是睜著眼睛，嘴唇緊抿。

「換上這個。」

阿姨把一個紙袋遞給悟。悟僵硬地伸手接下紙袋，就彷彿忘了上油的機器，幾乎可以聽到關節傾軋摩擦的聲響。

悟走向自己的房間，小八拉開一點距離跟上去。悟的表情完全不像他，讓小八感到害怕，但不能丟下變成那種表情的悟，讓他一個人獨處。

阿姨遞給悟的紙袋裡面裝著衣服，是很像父親平常穿的那種西裝。

除了襯衫以外，外套、褲子和領帶都是黑色的。袋子裡甚至裝了黑色的襪子。

悟脫下色彩鮮豔的運動服，換上筆挺的白襯衫。套上長褲，穿上西裝外套，別上簡易扣式領帶。

最後把紅色的條紋襪換成黑襪。悟把脫下來的紅色條紋襪扔在運動服上——接著突然做出劇烈的動作來。

他一腳踹開色彩鮮豔的運動服，放在上面的紅色條紋襪飛到旁邊去了。

那動作太突然了，小八嚇破了膽，鑽進床底下去躲起來。平常的話，如果像這樣不小心嚇到了小八，悟都會急忙道歉安慰他。然而這時候卻沒有，他看也不看小八。

悟一臉面無表情，一下又一下重踩運動服。沒有製造出聲音，卻激烈地、不斷地踐踏運動服。

就彷彿一切都是這件衣服的錯。

敲門聲響起。

「悟，準備好了嗎？」

聽到阿姨的聲音，悟停止踩踏運動服。接著彷彿什麼事都沒發生，走出了房間。

阿姨也換上了一身黑衣。

「快點去爸爸媽媽那裡吧。」

悟點點頭，被阿姨帶走了。小八也提心吊膽地跟在後面。

正在玄關穿鞋子的悟忽然想起了什麼，衝進屋子裡。他跑向廚房，在小八的碗裡倒了堆積如山的乾糧，換了水碗裡的水。

接著他去了盥洗室，把小八的貓砂盆清乾淨，補了一些新的貓砂進去。

就算變得面無表情、就算默默地踐踏衣服，悟果然還是悟。小八用頭磨蹭悟的膝蓋。悟什麼也沒說，而且還是一樣面無表情，但他摸了小八的頭一下。

小八一路目送出門的悟和阿姨關上玄關門。雖然不知道他們要去哪裡，但小八只知道他們要去非常悲傷的地方。

悟忘了開燈，因此沒多久家中就陷入一片漆黑了。小八在黑暗中吃乾糧、喝水，接下來就是不停地睡，打發時間。

阿姨帶悟回來的時候，已經三更半夜了。

小八到玄關迎接，悟看到漆黑的家裡，似乎害怕極了。阿姨先進來打開玄關燈，他才總算脫了鞋進來。

阿姨依序打開走廊、起居室、廚房的燈，悟依序走過燈亮起的地方。看到廚房裡小八的碗還剩下一半的乾糧，只幫他換了水。

悟和阿姨輪流洗澡，也沒吃飯就睡了。悟回去自己的房間，阿姨在起居室鋪被子睡。

小八去悟的房間，看見房間角落被踩過的衣服還在那裡。

悟上床了，但小八跳到他的枕邊，發現他的眼睛呆呆地張著。他用空洞般的眼睛，盯著電燈上的小夜燈。

悟就像平常一樣，稍微挪開枕頭，讓出位置給小八，卻遲遲沒有聽到他睡著的呼吸聲。不久後，小八先睡著了，因此他不知道悟張大的眼睛什麼時候才閉上的。

隔天早上豔陽高照，強而有力的陽光從窗簾間射進屋子裡。

悟和阿姨又換上黑衣出門去了。悟把小八的碗倒滿乾糧，留下客廳的燈沒關。可能又要很晚才會回家吧。小八這麼猜想，結果猜錯了。

傍晚的時候，門口傳來彷彿野獸嚎叫般的驚天動地聲響。那緊迫的聲音逐漸靠近家門，在公寓的階梯嗡嗡迴響，愈來愈大。

那聲音要回來這裡了。小八坐在玄關迎接。

開門的是小幸。他扶著發出嚎叫般聲音大哭的悟，進入玄關。

悟在小幸的攙扶下，擠出野獸般的哭聲，搖搖晃晃地走到起居室，接著力盡似地坐倒下去。

小幸把悟帶回來了，但似乎也不知道該如何是好。他只是守在悟的旁邊，不知所措——把他帶回這裡就夠了。

小八跳到悟的膝上。不久後，悟的手扶上小八的臉頰。小八謹慎地、仔細地舔起那隻手。

沒事的，沒事的，沒事的。

我在這裡，我在這裡，我就在這裡。

小八耐性十足，不停地舔著，很快地，悟的嚎哭聲就像筋疲力竭般，愈來愈小了。

🐾

父親和母親被裝在兩個白色的小罈子裡回來了。

悟會被阿姨收養，搬離這個家。

「可是，小八會和你一起搬過去吧？」

來家裡的小幸說，聲音就像在祈禱——如果小八也一起去的話。

就算去了新的地方，悟也不是一個人。至少不會那麼寂寞。

「我不能帶小八一起去，因為阿姨的工作很常調動。」

悟早已放棄一切，唯獨否定小幸的祈禱，讓他顯得很難過。

「那小八呢？」

「有遠房親戚說願意收養。」

「悟和那個親戚很熟嗎？」

悟搖搖頭，小幸憤怒地咬住下唇。

「我——我問問看我家能不能收養小八！」

小幸這麼大叫，回家去了，但傍晚的時候哭腫了一雙眼睛又來了。

「我爸爸說不能養貓……」

小幸那雙又紅又腫的眼睛，道出了他是如何地英勇奮戰。

「沒關係。」

悟的表情似哭似笑。

「聽到小幸說要問問看，我真的很高興。」

兩人哭著撫摸小八，小八讓他們盡情地摸個夠。

小八一直以為會永遠在這個家，看顧著悟和小幸長大。對小孩和貓來說，這個世上有太多不盡如人意的事了。

不久後，遠親的叔叔來接小八了。叔叔有著曬黑的深邃五官，一笑眼睛就埋進笑紋裡。

起居室裡，悟緊緊地抱著小八，叔叔用力搓揉他的頭說：

「放心吧，叔叔家每個人都超級愛貓，一定會好好疼他的。」

悟的臉亮了起來。自從父親和母親被裝進白色的罈子裡後，這是他第一次露出這種表情。

「一定要讓小八幸福喔。」

「叔叔保證會的。」

但悟和小八道別的時候，還是哭到眼睛都快融化了。

「典子家無論如何都不能養嗎？」

叔叔可能是可憐起悟來了，這麼問阿姨，但阿姨住的地方好像禁止養寵物。

「好啦，最後要笑著道別，要不然小八會擔心的。」

聽到叔叔這麼說，悟哭著擠出笑容。他一邊抽噎，一邊硬是把嘴角往上抬，變成好醜的表情。

「小八，你要好好的喔！」

用力揮手的悟，成了小八最後看到的他的身影。

小八在籠子裡顛簸了約三個小時抵達的叔叔家，有四個小孩。

最大的男孩塊頭比叔叔還要高大。接下來是女孩、男孩、男孩，身材依序愈來愈小，小兒子大概和悟同年。

可能是因為這樣吧，小八第一個記住的是小兒子的名字。小兒子叫勉，和悟一樣，是個表情千變萬化的男孩。雖然沒有學游泳，但他會打棒球。

勉天天都和哥哥姊姊吵架。因為年紀最小，所以不管是打架還是吵架都贏不了。小八每天都要陪在抽抽噎噎哭泣的勉旁邊，舔他的手和膝蓋。勉每天都輸，所以每天都哭。

「貓一般都跟餵他的人最親的說。」

叔叔和阿姨歪著頭不解地說。

「勉是愛哭鬼，連貓咪都可憐他啦。」

老是和勉吵架，把他罵哭的姊姊嘻嘻笑道。

「吵死了！」

勉從後方賞了姊姊一記飛踢，姊姊暴怒，「你踢我！」上演追逐戰。明明最後都會被弄哭，勉卻老愛頂撞哥哥姊姊，這對小八來說是個謎。

「小八不太喜歡出門呢。」

阿姨似乎也對這件事感到奇妙。

「打掃的時候，開窗讓他出去，他也頂多只會去庭院。難得住在公寓一樓，可以出門散個步說。」

「因為在以前的家都養在室內吧？」

叔叔說。阿姨的眉毛垂成了八字形，「哎唷，好可憐。」

「才不可憐呢。」

最大的哥哥幫腔說。

「很多貓在外面遇到車禍，所以現在愈來愈多家庭把貓養在室內了。」

「我們家的牛奶也是被車撞死的嘛。」

二哥也附和說。牛奶是這個家第一隻養的貓的名字。是姊姊取的名字，但據說這個名字太可愛了，不受男生們的喜愛。

「小八很遲鈍嘛，他不喜歡出門或許比較好。」

姊姊用指頭戳著小八的臉頰說。勉插進來阻止道：

「不要弄小八啦。人家小八不是遲鈍，是文靜好嗎？」

——勉的聲音，讓小八想起了同齡的另一個孩子的聲音。

才不是呢，人家小八是文靜。

是悟把遲鈍這個詞溫柔地換了個字眼的。

小八抬頭仰望，和悟一樣用溫柔的詞彙形容他的孩子正笑咪咪地搔著小八的耳後。

啊，對啊——小八恍然。

往後我就在這個家，照看著勉長大就行了。

悟和勉同年，兩個人都一樣溫柔。等勉長大，悟也就和他一樣大了。

悟的身影自然地和勉重疊在一起，融合在一起了。

丟下悟這件事一直讓小八掛心不下，但這下他總算能在這個家安頓下來了。

被勉搔著喉嚨，小八來到這個家以後，第一次盡情地發出呼嚕聲。

冬季過去，櫻花盛開的季節，勉換上立領制服，開始上國中了。

他還是繼續打棒球——游泳是從什麼時候不學了？要同時維持兩種運動應該很辛苦，這也是沒辦法的事。金色的獎盃好像也不知道收到哪裡去了。

勉每天盡情揮汗運動、大快朵頤，身材也不斷地抽高。小時候花上一整年才只長了一點點的那時候就像假的一樣，隔年升上國二時，已經又長了十公分高。

練習好像都在戶外，曬黑的皮膚就像用醬油燉過的一樣。阿姨笑說背光的時候，他整張臉都是黑的，連眼睛鼻子都看不出來了。

「沒想到會變得比我還黑。」

叔叔也這麼笑道。

勉的表情還是一樣，千變萬化，也成天跟哥哥姊姊吵架。但是不知何時開始，跟姊姊只會拌嘴了。姊姊愈來愈尖牙利齒，教人招架不住。勉雖然已經不會哭哭啼啼了，但有時候還是會被罵到眼眶噙淚。

要是一拳下去，就可以瞬間翻轉情勢，但勉絕對不會打姊姊——至於不再動手的時間點，小八記得很清楚。

有一次勉火冒三丈，使勁狠推了姊姊一把，結果姊姊整個人往後倒去，幾乎把紙門撞破。

姊姊當場掄起武器回來報仇，勉被姊姊揮舞的嗶嗶槌打得落花流水，無力還手。

「今天就先饒了你！」

對於姊姊搞笑地撂下的話，勉也乖乖承受。姊姊的大腿撞出一大片瘀青，勉卻無精打采，彷彿受了比姊姊更重的傷。

大哥勸導說：「你姊姊再怎麼說都是女生啊。」

「可是跟她吵架又吵不贏。」

「沒辦法啦，男生本來就贏不過女生。」

大哥也一樣，每次跟姊姊吵架，最後都大吼一句「吵死了啦！」逃之夭夭。

「誰說贏不了？這種時候就要運用心理戰。」

二哥這樣教勉。

「你要瞄準對方的痛處。那八婆的弱點，就是她的大腳丫跟飛機場。」

姊姊長得並不高，腳丫子卻很大，鞋子尺寸是二十五公分。本人堅稱是二十四．五公分，但碰到較窄的鞋子，腳背就塞不進去。二哥跟姊姊吵架時，就會罵：「大腳婆！」攻擊姊姊的自卑之處。

「我上次居然不小心穿到妳的運動鞋耶，妳是不是可以跟男朋友互借鞋子啊？」

「吵死了，是你自己矮冬瓜！」

「我是平均身高，妳才是矮肥短！胸部又是飛機場，全身上下沒有一個地方可以看！」

「我這叫模特兒體型好嗎？」

「天哪，不要讓人笑破肚皮好嗎？」

但勉沒辦法像二哥那樣連珠炮似地回擊，因此幫助不大。

可是，小八最喜歡會被姊姊罵臭頭、淚眼汪汪的勉。雖然小八也喜歡叔叔、阿姨、大哥、二哥還有姊姊，但最喜歡的還是勉。

對於一跑起來後腳就會打結的小八，勉說他是文靜的貓咪。

這輩子第一次碰到老鼠時，小八嚇軟了腿，他也說「就算抓不到老鼠，小八也是我們家的寶貝貓咪」。

那個人逗貓棒甩太快時，會幫忙說「要甩慢一點」……

……是誰？那個人是誰？是勉的朋友。很久很久以前，小八還是小貓的時候，他每天都會來家裡玩。是什麼時候開始不來了呢？

貓的時間過得飛快。小貓時的事，已經變得像上輩子般遙遠了。

……想不起來那個朋友叫什麼。不過，他一定在某處過得好好的，因為勉的手腳都長得這麼修長了。

希望每個人都健健康康的。幸幸福福的。

春天再次到來，大哥離開家裡了。他考上大學，要搬去都市生活了。

家裡變得安靜了些。一方面是因為大哥離開了，但孩子們吵架的程度也稍稍降溫了一些。勉和二哥之間，也只會偶爾互戳而已了。

勉的手腳又變長了。因為他每天參加棒球隊練習，每天大口扒飯。制服長褲就算把褲腳放長，還是會露出腳踝，所以他都穿大哥傳下來的制服。布料有點褪色了，所以勉很不情願，但阿姨說「只剩下一年了，買新制服太浪費」，不肯幫他買新制服。

夏季的大賽，棒球隊在準決賽止步。勉哭著回家，非常不甘心。

「都打到準決賽了，已經夠好了吧？」

阿姨安慰說，姊姊也附和說：

「就是啊，上高中再努力就好了嘛。」

「吵死了！」

勉發脾氣吼道。

「可以跟現在的隊友一起打球的時光，就只有現在啊！」

「生什麼氣啦，人家在安慰你耶！」

姊姊氣呼呼地抓起靠墊扔過去。

剛才是勉有些不對喔，小八想，挨向勉的膝蓋磨蹭。勉摸著小八，似乎也有些氣消了，事後向姊姊說對不起。

「可是能打進準決賽，真的很了不起了。」

阿姨說道，晚飯叫了外送的壽司派對組合。配菜有炸雞和馬鈴薯沙拉——是勉從小就最愛吃的菜。

和在游泳比賽中拿到冠軍那時候完全沒變。

可是，他好像已經沒那麼喜歡玉子壽司了。勉專挑鮪魚壽司下手。小八用爪子勾了勾他的袖子，他便仔細地刮掉芥末，把鮪魚肉給小八，自己一口吞下醋飯。

「你上高中以後也要繼續打棒球嗎？」

叔叔問，勉點點頭。

「你不是只想跟現在的隊友一起打球喔？」

姊姊似乎還在為安慰卻被反嗆的事記恨在心。

「我沒那麼幼稚了好嗎？而且有幾個人會上一樣的高中。」

「果然還是只想跟朋友黏在一起嘛。」

「吵死了啦！」

姊姊正準備一口咬上炸雞塊，勉詛咒她：「吃成大胖豬！」二哥立刻開玩笑：

「她已經是豬了。」

「再說！再說我把全部的炸雞淋上檸檬汁！」

姊姊抓起檸檬汁的小瓶子威脅說。勉和二哥討厭酸味，因此引爆了一場小爭吵：「住手！」

「你們夠了沒！」

阿姨一聲大喝，三人不甘不願地閉嘴了。

唉，雖然個子長得這麼大，心性卻還是小孩子。人類到底什麼時候才會變成大人呢？

小貓時的事，小八已經記憶模糊了。

你的名字叫小八！——這麼說著，開心地用臉頰磨蹭他的，是勉嗎？把裝在紙箱裡的小八撿回家的也是勉——不對，不是勉。這個家，是叔叔用籠子把他帶過來的。

那，裝在紙箱裡的記憶是……？當時裝在紙箱裡，被猛烈搖晃了老半天，都快暈死了。

為什麼會被搖晃？因為不能養小八，所以假裝離家出走，計畫卻不順利，吵起架來……

根本一點也不順利嘛！——這個大騙子！

可是——想養小貓吧?!

話說回來！應該先問問看——你家裡願不願意養貓吧?!

——是誰？被責怪計畫不順利的是誰？

勉嗎？勉現在在打棒球。他是什麼時候不再游泳的？游泳……如果——也一起的話。因為——不一起游泳了……

「小八，鮪魚給你。」

姊姊用筷子夾起鮪魚肉搖晃。美食當前，沒有拒絕的道理。小八朝在上方搖晃的鮪魚肉伸長了身體，嗅聞味道。遲遲咬不到，結果失去平衡，一屁股跌坐在地。

「啊哈哈，好遲鈍。」

「人家是文靜好嗎？不要戲弄他啦，很可憐欸。」

勉氣憤地從姊姊的筷子上一把搶過鮪魚肉，用手當盤子遞給小八。

「小八就是鈍鈍的才可愛啊。」

「那個女人真是有夠壞心的，對吧小八？」

牠善良地換掉遲鈍這個字眼。文靜這個形容，小八從以前就很熟悉了。

「好吃嗎？」

小八在牠的掌心上舔著鮪魚肉。

貓的時間和人類的時間流速不同，貓的時間快了許多──小八是什麼時候發現這件事的？

牠飛快地長大，但似乎還要很久才會變成大人。變成大人以前，似乎必須先跨越高中入學考這個難關，從秋天到冬天，牠都閉關苦讀。

過年的時候，來了一個滿臉鬍鬚、像熊一樣的男人。

「小八，你好嗎？」

男子大聲對小八說，冷不防就想把他抱起來，把他嚇得腿都軟了。

「什麼，你忘記我了喔？暑假的時候我不是也有回來嗎？」

「才回來一星期而已，貓的小腦袋瓜早就把你忘掉了。而且你還留了一臉那麼可怕的鬍子。」

看到男子和阿姨說話，小八總算想起他是大哥。

抱歉，一時沒認出來。小八挨近大哥的膝蓋磨蹭，大哥心情好轉，抱起了小八。不過大哥把臉頰往小八湊，鬍子太刺人了，小八一下子就開溜了。

勉在認真讀書中度過了新年，通過了考試。庭院裡唯一一棵櫻花樹盛開後，他褪下過去的立領制服，換上西裝制服，開始去新學校上課。

勉立刻加入棒球隊，每天弄得渾身泥巴地回家。他考上的似乎是棒球強校，練習好像也相當嚴格。

櫻花凋謝，冒出新綠，開始不停地掉下毛毛蟲。每次到了這個季節，阿姨和姊姊就會說：「是不是把樹砍掉比較好？」她們似乎非常痛恨毛毛蟲。

「不要這樣說嘛，這棵樹是我們家的象徵啊。」

叔叔每年都這樣安撫女生們。

曾有一次，勉肩上帶著毛毛蟲走進家裡，把阿姨和姊姊嚇得尖叫連連。

某天，毛毛蟲不曉得從哪裡爬進來，在走廊上蠕動前進。要是被阿姨和姊姊看到，又要雞飛狗跳了。小八想要把毛毛蟲打跑，伸出前腳拚命拍打。

結果肉球一陣刺痛，就好像著火了一樣。小八慘叫一聲，勉第一個衝了過來。

「小八，你怎麼了?!」

勉似乎一眼就看出狀況了。

「是不是被毛毛蟲刺到了？」

「討厭啦！櫻花樹的毛毛蟲嗎?!被那毛毛蟲刺到了嗎?!」

姊姊尖叫個沒完，二哥回答：

「櫻花樹的毛毛蟲大多都沒有刺，但偶爾也有帶刺的毛毛蟲。」

「天哪，快點弄走！把蟲弄走！」

二哥在驅逐毛毛蟲的時候，勉幫小八的肉球消毒。

「是不是也應該擦一下蚊蟲叮咬的藥？」

勉問阿姨，阿姨說：

「最好不要吧？小八可能會去舔。要是腫起來的話，明天再帶去給獸醫看。」

解決毛毛蟲的二哥回來，用拳頭用力搓揉小八的頭：

「小傻瓜，幹嘛沒事去招惹有刺的東西？」

「他是覺得毛毛蟲比自己還要遲鈍，一定可以贏，自不量力吧？」

姊姊居然這樣說，讓小八既遺憾又生氣，結果勉噘起嘴唇說：

「幹嘛這樣說？小八一定是知道姊姊跟媽媽怕毛毛蟲，所以想要幫忙擊退啊。」

果然還是勉最懂我。姊姊似乎也反省了，後來說著「對不起喔」，給了小八零食。

肉球陣陣刺痛，但幸好最後並不嚴重，不用去醫院。

毛毛蟲季節差不多快過去的某天晚上，家裡接到一通電話。

剛洗完澡的叔叔接起電話：

「噢，好久不見！一切都好嗎？這樣啊，典子也好嗎？」

叔叔只穿著一條內褲，開心地說個不停，就算姊姊用白眼瞪他，也不以為意。

「噢，當然可以。來吧來吧，小八也在等你。」

叔叔掛了電話後，阿姨問：「誰打來的？」

「噢，就悟啊。他不是每年都會寄賀年卡來？」

小八的耳朵猛地豎起。

轟雷掣電一般，那個名字被喚醒了。

——悟。

「哦，典子那邊的……」

「對啊。」

「是小八以前的主人對吧？」

勉加入話題。

「他跟我一樣大是嗎？」

「對啊。他說暑假他要打工存車票錢，過來看小八。」

「他現在住在哪裡？阿姨的工作經常調動對吧？」

「他說現在住在山梨。」

「是喔，為了來看貓，特地打工存車票錢！他真的很愛貓呢。」

悟。悟。悟。悟。

「他每年的賀年卡也都要我們向小八問好嘛。他一定很愛小八。」
「既然這樣，早點叫阿姨帶他來看小八就好了啊。」
「典子工作很忙啊。而且悟是被收養的，不好要求什麼吧。」

小八，你要好好的喔！
一邊抽噎，一邊勉強擠出笑容，拚命揮手的悟。
「悟來看小八的話，你要好好跟人家相處喔，勉。」
「會啦。既然他那麼疼小八，人應該不會壞到哪裡去。」

第一個說他文靜的不是勉。
溫柔地替換掉遲鈍這個字眼的可愛的孩子，不止一個人。
把勉和悟重疊在一起以前的昔日記憶，突然鮮明地重回腦海。

悟一定也和勉一樣，健健康康，手腳長得好長好長了。

聽說悟會在暑假過來。

暑假是什麼時候開始呢？白晝愈來愈長，影子愈來愈濃。

也是勉的臉在一年當中變得最黑的季節。

每天都這麼熱，是不是差不多快到暑假了？

暑假怎麼還不快點來呢？悟和勉見了面，一定會變成好朋友。

實在是盼得太久了，小八終於等不及了。

悟會不會是在來這裡的路上迷路了？小八想到這個可能性，開始在陽光轉弱的傍晚，稍微出去附近巡邏。

他沒有去過比庭院更遠的地方，所以不能冒進。最初從沿著房屋繞一圈開始，接著慢慢擴大散步的範圍。

「小八最近好像會出門散步耶。」

晚飯的時候，阿姨這麼報告，勉皺起眉頭問：

「會不會走丟啊？」

我都小心翼翼、慢慢地擴大範圍，不會迷路喔——小八驕傲地心想。

「是不是戴個項圈留資料，以防萬一比較好啊？」

姊姊提議，隔天就買項圈回來了。

「小八會不會排斥啊？」

姊姊提心吊膽地為小八戴上的項圈，若是拚命掙扎，似乎也是可以擺脫，但萬一弄掉，感覺會更麻煩，因此小八乖乖戴著。

「唔，小八基本上就是隻任人擺布的貓嘛。」

二哥笑道。

小八已經漸漸習慣外出散步，然後又一直找不到悟，因此他決定更進一步擴大散步範圍。

那是一條小八從來沒有跨越過的稍大的馬路。不過那條路的另一邊總是有許多人走過來。如果悟要來，一定就是從這條路過來。

小八一直在觀察，所以知道只要在人類經過白色條紋部分的時候一起走，就不用怕車子了。

實際上，他也好幾次像這樣安全地過馬路了。

這天他也和過馬路的人一起等待，結果一名年輕人忽然衝出條紋的地方。小八怕落後了，便跟了上去——這時一道刺耳的喇叭聲炸了開來。

年輕人嚇了一跳，衝過馬路。小八嚇到定在原地。

咚！一道可怕的衝擊撞飛了小八——回過神時，他吐了一地的血。胸口好痛，痛得不得了。

呀！有貓被撞了！有人發出尖叫。

「小八！」

一道人影大叫著跑過來，抱起小八。

那張臉一片漆黑，什麼都看不出來，是因為視線模糊了，還是夕陽逆光所致？這下傷腦筋了，看不出是悟還是勉。

可是，小八覺得是誰都好。

悟和勉對小八來說都一樣。兩個都是同樣可愛的孩子。

悟本來打算按照地址自己過去，但親戚說會派人去新幹線驗票口接他。好像是叔叔家的小兒子勉會來。

悟走出和勉說好的驗票口，一個曬得像木炭、年紀微妙地介於少年和青年之間的男生出聲：

「你是宮脇悟嗎？」
「對。」
「你好，我是勉。」
聽說勉和悟同年。悟這才自覺到：那麼自己的年紀也像他一樣，微妙地介於少年和青年之間囉？
「真的很抱歉，你特地來看小八……卻出了這種事……」
「不會。不是你們的錯。」
悟預定要去見小八的幾天前，小八遇到車禍過世了。
勉帶著悟回到家，叔叔和阿姨都出來迎接說歡迎。
「真的很抱歉，出了這種事……」
叔叔說了和勉完全一樣的話，反而讓悟輕笑了出來。
「叔叔明明跟你保證會讓小八幸福的。」
「我覺得小八能讓叔叔家收養，一定過得很幸福。」
客廳裡擺著小八的照片，就像人類的佛壇那樣，還擺上了供品。室內各個地方貼著歷代貓咪的照片。
被這樣的家庭收養，直到過世的最後一刻，小八一定都很幸福。
「小八的墓……」

「我們沒辦法幫他買寵物墓園這種時髦的玩意兒，所以把他埋在鄉下的山上。

勉說明天會帶你去。」

悟點了點頭。

「搭電車大概三十分鐘就到了。」

「謝謝。」

入夜以後，姊姊和二哥回來，桌上是喜慶節日般的大餐。

眾人競相說起小八的往事。

「他有點鈍鈍的地方真的很可愛。」

姊姊笑著說。勉反駁說：

「不要說他鈍啦，小八是文靜溫柔的好貓咪。」

悟忍不住露出笑容：

「沒錯，小八是隻文靜又善良的好貓咪。」

勉聞言也咧嘴笑了。他似乎對這樣的形容感到有共鳴。

這天悟洗過澡後，早早入睡了。隔天早上用完早餐，出門去探望小八的墓。

在舊鐵道的列車車廂裡喀噠搖晃，就像勉說的，過了三十分鐘左右，景色完全是山間了。一走出車站，前方就是田地。

勉經過農道，朝山裡面走去。

「開車的話就很快，可是我爸還要上班。」

兩人爬上坡道平緩的小山，自然而然聊起小八來。學校和社團的事都聊完了，共同話題只剩下小八。

「第一次遇到老鼠的時候，小八嚇到腿軟呢。」

「真的嗎？……不過可以想像啦。」

「他是隻文靜的貓嘛。所以會遇到車禍，或許也很像小八吧。一定是被車子嚇到了吧。」

「不是的。」

勉氣憤地表情扭曲。

「他被撞的時候，我剛好在現場。那時候我正好社團練習結束回家路過。目擊到的女人告訴我說，小八是跟著闖紅燈的行人過馬路的。小八很小心，又很聰明，一定是知道只要跟著人一起過馬路就不會有事。」

勉雙眼瞪著前方，就像在強忍哭出來的衝動。

「要是沒有那個闖紅燈的白痴，小八就一定不會過馬路。我好想把那個人揪出來揍他一頓。」

「……要是找到了，也找我一起去。」

勉聞言露出意外的表情：

「你看起來打架的身手不太厲害耶。」

「嗯，所以等你先把他打趴了，我再跟著打。」

「什麼啦！」

勉笑了出來——接著匆匆撇開臉不看悟，假裝擦汗，用手臂用力抹了抹眼睛。

小山的山頂，是一片陽光燦爛的草原，勉把悟帶到草原的角落。

那一區擺了許多約雙手環抱大小的花崗岩，其中一個特別新。

「是跟我爸認識的石工要來的邊料。因為沒錢買寵物墓地。」

「這樣就很好了。這地方日照很好，感覺很舒服。」

悟把帶來的乾糧撒在小八的墓地前，雞胸肉和起司零食也從包裝袋裡取出來供在墓上。多帶的乾糧，也分給歷代的貓咪們。

「我爸媽也是車禍過世的。」

「嗯。」勉簡短地應聲。他似乎聽說過這件事了。

「我去校外教學旅行，回家的時候，他們已經過世了。」

「嗯。」勉又點點頭。

「那個時候我買給我爸的禮物，是交通安全的護身符。」

勉似乎再也沒辦法點頭應聲，默默地低頭。

「這樣的護身符。」

悟從包包裡取出護身符，是附有招財貓吉祥物的鑰匙圈型護身符。

「你一直帶在身上？」

「不是。那時候買的，放進棺材裡一起燒了。來這裡之前，我去校外教學旅行去的京都找了一下，雖然不曉得是不是一樣，但因為很像就買了。」

是隨處可見的普通鑰匙圈。隨處可見的騙小孩玩意兒、感覺就是小孩子會買的東西。這種商品總是數十年如一日。

「這隻招財貓很像小八耶。」

勉接過護身符喃喃道。悟就知道，如果是勉的話，一定一眼就會發現這件事。說小八是文靜又善良的貓咪的勉的話。

「所以我才會買——我爸那時候雖然來不及……」

——那個時候，悟想到了許多事。

買什麼根本來不及的護身符，簡直像白痴一樣，悟對自己氣憤極了。他覺得或許就是因為買了這種玩具似的護身符，才會反而害得爸爸媽媽遇到車禍。

「可是，聽到小八出車禍時……」

悟說著，慢慢地把湧上喉嚨的感情捏碎。

「我後悔那時候沒有把護身符送給小八。」

事到如今都已經遲了，這他再明白不過。

可是，還是想要把護身符送給小八。他覺得文靜又善良的小八，一定能理解他想要這麼做的心意。

「勉，你可以收下嗎？」

勉眨了眨眼。

「如果你願意收下，小八一定會開心。」

父親那時候來不及。小八的時候也沒能趕上。

悟覺得如果勉願意收下，才終於算是趕上了。

「好。」

勉把護身符揣進褲子後口袋裡。

「差不多該走了。萬一錯過回程電車，就有得等了。」

「等一下，再一次。」

悟最後再次在小八的墓前合掌。

——拜託你了，小八。

悟跨步離開時，覺得好像聽到了貓叫聲。他望向勉，勉喃喃說：是小八在叫嗎？

是啊，悟也回答。

走下平緩的山路，莫名地覺得愉快起來，不知不覺間，兩人放聲哈哈大笑。

Fin.

# 佚失的旅程

～旅貓日記外傳～

吾是貓，名奈奈[2]——雖然模仿這個國家最偉大的貓這麼說，不過聽起來實在很遜。這樣的陳述出自一隻有名字的貓，實在很不威風。再說，這年頭就連老態龍鍾的老貓，也沒貓在用「吾」這種自稱了。我還是隻春風少年貓，所以先把懷舊主義擱一邊去吧。

對了，我雖然是隻不折不扣的公貓，名字卻叫「奈奈」，像女生一樣，關於這一點，責任可不在我身上。

這是我的飼主悟完全不徵詢我的意見，任意給我取的名字。悟這傢伙人雖然好，品味卻有點微妙。這個名字，是來自我可愛的鉤狀尾巴。從上往下看，我的尾巴弧度就像數字「7」，基於如此隨便到家的理由，我的名字定案了[3]。

雖然取名的品味有點問題，但做為貓的室友，悟是個無可挑剔的人類，而我做為人類的室友，也是隻無可挑剔的貓。

這五年來，我們過著非常融洽的同居生活，但因為某個原因，這樣的生活罩上了陰影。

悟出於無可奈何的理由，無法繼續飼養我了。發現這件事以後，他的動作非常快。他動用一切人脈，為我尋覓新家。一有人願意收養我，悟便帶著我依序前往「引見」。

坦白說，這真的是多管閒事。我是在成貓以後才被悟撿到的。換句話說，在遇到悟以前，我是隻自立自強的野貓，雖然後來變成了家貓，但我的野性絕對沒有衰退。

如果悟沒辦法跟我一起生活了，我也就是回歸野貓而已。然而悟卻不顧自己，淨是擔心我的未來，真是把我給瞧扁了。

因為這樣，悟帶著我四處拜訪認識的人。當然，我不打算讓這些介紹成功。截至目前，我已經毀掉了三場會面。

每次移動，都是搭乘銀色休旅車。長途的時候甚至會把貓砂盆搬上車，為我準備的設備應有盡有。

雖然希望悟快點放棄介紹新飼主，但搭乘銀色休旅車的兜風之旅還滿不賴的，因此目前我沒有怨言，乖乖配合。

也因此我遊歷了許多地方，是一般的貓在地盤中生活所難以想像的，像是悟小時候住過的兩座城鎮、一座農村、田地、稻田、大海、富士山。我是在街上長大的貓，因此原本這輩子應該都不可能見到生活圈裡所沒有的景色。

我一定是全日本最見多識廣的貓。和悟一起看到的景色，我這輩子絕對不會忘記。

2. 譯註：模仿文豪夏目漱石的名作《我是貓》的開頭「吾是貓，尚無名」。
3. 譯註：日文「七」的發音為nana。

然後，我們踏上了第四次的旅途。

銀色休旅車前往的方向是西邊。我們中午過後從東京出發，到了傍晚時分，正好變成追著西沉的夕陽跑。

開車的悟，側臉在夕陽餘暉照耀下變成了橘紅色。就算放下駕駛座的遮陽板，似乎還是很刺眼，他一直不停地眨眼睛。

悟瞄了眼在副駕駛座彎起前腳坐得正正方方的我說：

「你的瞳孔變成一條線囉，奈奈。」

我們貓的眼睛非常厲害，可以配合光線明暗，調節看到的光量。在明亮的地方，瞳孔會縮小成一條線，在黑暗的地方，則放大成圓形。

現在我的眼睛應該垂直地瞇到了極限。

「俗話都說，男人的眼睛要細如線，女人的眼睛要大如銅鈴，不過你需要的時候就會自動變成線，真方便。」

是啊——我抽動了幾下鬍鬚。就算光線刺眼，悟的眼睛也沒辦法縮小成一條線，真不方便。這種時候要是可以交換眼珠就好了。因為就算光線刺眼，我也只要在副駕駛座蜷成一團睡大頭覺就好了。

「噢，就快到京都了。」

悟朝上瞄了一眼說。好像是看到高速公路的路標了。

「要是搭新幹線，到神戶只要半小時而已呢。」

悟朝著夕陽不停地開車，似乎有些倦了。

「我們在大津休息一下好了。」

ＯＫ啊，我也差不多餓了。

在那之前，先來上個廁所好了——我正準備移駕到擺放廁所的後座時，車子前方冒出了一片倒映出璀璨金光的遼闊水面。

噢？我把手搭到儀表板上，伸長了脖子，悟問：

「好奇嗎？很漂亮對吧？那是全日本最大的湖泊喔。」

咦，原來不是海嗎？真令人吃驚。大成這樣，居然不是海。

「要過去看看嗎？」

哦，這就不必了。海也是，遠遠地看很漂亮，感覺充滿了海鮮等浪漫，但靠近一看，卻只是既兇猛又沉重的浪濤聲轟隆隆作響的恐怖地方。

「啊，可是要是在這裡繞路，到目的地的時候就很晚了。」

就是說啊，最好不要勉強。

結果悟在休息站休息到夕陽光線減弱一些後，沒有繞去湖邊，繼續趕路。

晚飯的乾糧，是簡單的鰹魚口味愛貓健康配方，但悟撒了柴魚片在上面，害我不小心吃太飽，肚子都快炸了。

一吃飽就想睡，是動物普遍的生理反應。

我在副駕駛座蜷起來睡覺，後來的事就不記得了。頂多就只有路上悟無聊地摸了摸我的背，我在半睡半醒間心想：是塞車太無聊了嗎？

感覺到車子引擎停了，我忽地醒來抬頭一看，悟正解開安全帶。已經到今天住宿的旅館了嗎？

「噢，你醒了嗎？去旅館之前，我先跑來別的地方了。」

悟朝我伸手，因此我先伸了個剛起床的懶腰，讓他抱起來。一離開車子，沁涼的夜晚空氣便撩撥鼻子，我打了個噴嚏。

太陽早已西沉，吸收了夜黑的影子描繪出山的稜線。

「你看。」

我在悟的催促下，在他懷裡回頭一望——哇！

俯瞰的山腳下擠滿了點點燦光，就好像把所有亮晶晶的東西全灑在那裡了。幾乎讓人懷疑只有那裡是白天。

好厲害，就算是黑夜，人類也能把它變成白天呢。

「聽說這就是價值一千萬美金的夜景。」

就算拿那種只屬於人類價值觀的貨幣單位形容給我聽，我也聽不懂。而且那是外國人的單位吧？對我來說，更是無所謂加乘再加乘的比喻，我打了個大哈欠。

「我想一下，一千萬美金，用現在的匯率換算是多少？八億日幣左右嗎……？」

悟沉思片刻，心算似乎有了結果。

「大概可以買四百八十萬個柔軟風味雞胸肉吧？」

咦！那太厲害了！我忍不住再次望向悟。就算一天吃一包，吃到我死也吃不完吧？

這樣啊，這就是價值四百八十萬個柔軟風味雞胸肉的夜景啊——我再次眺望眼下的光海。

可是，比起這片景色，我更想要四百八十萬個柔軟風味雞胸肉耶。

「怎麼，已經看膩囉？」

是啊，光畢竟就只是光嘛——我又咧嘴打了個大哈欠。

旅館標榜是這一帶唯一可以帶寵物投宿的地方。確實，櫃台有許多貓狗來去留下的氣味。

晚飯傍晚已經在休息站都吃過了，所以接下來只等睡覺。時間也很晚了。

房間不大，但很乾淨，待起來很舒適，但電視不是箱狀的，對我來說是扣分點。

比較起來，之前住的悟的朋友開的民宿更好，不過找遍全日本，應該也沒有幾家旅館會為了貓而擺放箱型電視吧。公共區域也不能自由亂逛，但光是能帶著貓一起入住，以街區的旅館來說，已經算是非常不錯了。

我四處檢查房間的時候，悟去洗澡。關上的門內傳來比平常更響亮兩成的哼歌聲，似乎是放了熱水在悠哉泡澡。

不久後，悟洗完澡出來，因此換我進去浴室。泡完澡的話，浴缸水龍頭應該還剩下一些水。

雖然不知道為什麼，但關上的水龍頭剩下的水，比水碗裡的水美味許多，十分奇妙。每次悟洗完澡，我都會去喝水龍頭的水。

所以這時我也只是照著習慣來罷了，沒想到卻有個陷阱在等著我。

「啊，奈奈，不可以喝水！」

為什麼？貓想喝什麼水，就喝什麼水，這是這世間廣為人知的真理啊。我不理會悟的制止，跳到浴缸上——沒想到！

浴缸上竟沒有蓋子。

我甚至來不及尖叫，整隻貓就已經掉進漂著泡沫的熱水當中。浴缸正在放水，因此水位減少到只剩下一半左右，但已經足夠把我泡濕了。

「旅館的浴缸沒有蓋子啦！」

這種事要先講啊！我想要跳上浴缸邊緣，但陷在幾乎浸濕全身的熱水裡，腳使不上勁，無法隨心所欲地跳躍。爪子也勾不住滑溜溜的浴缸，因此當然也沒辦法靠臂力硬是把身體拖出水中。

我在熱水裡拍打出盛大的水聲，上演獨角武打戲碼，衝進來的悟連忙把我撈起來。

被放到地上後，我全身猛烈地哆嗦了一下，盡量把水滴從濕答答的毛上甩開，接著直接衝出浴室逃走，正安坐下來準備舔毛時，悟又驚慌失措地衝了過來。

「不可以舔！那是沖過泡沫的水！」

接著他一把撈起我，又折回浴室。

說什麼不可以舔，但我全身濕成這樣，是要怎麼辦？沒想到悟緊緊地抱住我，反手關上了浴室門——總覺得大禍臨頭了，是心理作用嗎？

「既然都濕了，順便洗個澡好了。用肥皂稍微抹一下就好。」

不——！

我全身狂扭，逃出了悟的魔掌，然而緊閉的浴室門宛如巨岩般堅固，任憑我如何刨抓，也推不開半點縫隙。

「跑也沒用！」

悟用雙手搓出肥皂泡，一把按住我，就這樣把我拖進放完水的浴缸裡，用泡沫搓揉全身。

可惡，可是——我是不會就這樣任人宰割的！

結果最後悟請旅館人員送來新的睡衣和追加的毛巾，浴室裡整個地板都被搞得濕漉漉的。

我正在攤開的毛巾上拚命舔毛，悟拿著吹風機過來了。我狠瞪他一眼，鼻頭擠出皺紋來。如果你敢拿那個嘎嘎怪叫的機器對著我，就要有咱們倆的友情破裂、直到明天都不可能修復的心理準備！

會感冒啦——悟懦弱地試著說服，但可能是從我頑固的態度看出了什麼，乖乖收起了吹風機。

這時，悟的手機響起輕快的旋律。是感覺會有鴿子飛出來的那首曲子。

「喂……是，剛才已經到了！謝謝老師特地打電話來。」

我在一旁偷聽，似乎是明天的引見對象打來的。是悟讀大學時的老師，現在在這邊的大學教書。

「那，我會依照約定，明天一點過後過去打擾！」

悟掛了電話，轉向我說：

「如果明天決定了，我們就要道別了……還是不要在最後做出會惹奈奈討厭的事好了。」

別擔心，明天我也會漂亮地毀掉會面。

舔毛舔到全身差不多乾掉時，舌頭實在是痠了，我把單人座沙發當成今晚的睡窩，蜷成一團。

半夜陡地冷醒，似乎是因為毛上剩餘的一些濕氣讓身體受涼了。

真沒辦法，本來想鬧脾氣到明天早上的。

我跳下沙發，走向悟睡著的床鋪。輕巧地跳到枕邊，嗅了嗅被子的上邊，於是悟在睡夢中替我掀起被子，讓我鑽進去。真是訓練有素。

我從縫裡鑽進去，一路鑽到腳邊，折返之後再回到枕邊躺下來。悟一樣在睡夢中撫摸我的頭。

他口中咕咕噥噥著什麼，我盯著他看，似乎是在叫我的名字。然後黑暗當中，他的眼角微微地滲出淚水——唉，真拿你沒辦法。

與其要哭，何必把我送走呢？人類真是充滿矛盾的生物。

人類也是，如果至少像我們動物一樣，聽得懂其他物種的語言就好了。這樣我就可以告訴他不用費事幫我找什麼新主人了。

心高氣傲的我這隻野貓，只是又變回心高氣傲的野貓而已。

我伸長了頭，舔了舔悟的眼睛。舌尖有點鹹鹹的味道。

結果悟用力推開我的臉，「很痛啦奈奈。」

看你哭才安慰你耶，這什麼反應。

宮脇悟由於迫不得已的理由，必須送養自己的貓，正在緊急尋找新飼主——以前研究室的畢業生捎來了這個消息。

那是久保田壽志還在東京的大學當副教授的時候。已經是十年以前的事了。是在經濟學院研究地區產業論的研究室。

聯絡他的，是現在在甲府開民宿的一對夫妻。兩人都是同一個研究室的學生，據說畢業後結婚了。

他們說貓咪原本打算由他們收養，但貓咪和家裡的狗犯沖，宣告破局。宮脇似乎還沒有找到新的飼主，所以夫妻倆拜託說如果可以，請久保田考慮收養。太太好像還記得久保田喜歡動物。

久保田現在住在可以飼養寵物的公寓，養了一隻叫莉莉的狗。莉莉還是小狗的時候，和老貓一起長大，因此現在依然十分愛貓。遛狗的時候只要看到貓，都會開心地衝過去，然後遭到強烈的拒絕，沮喪萬分。

老貓過世之後，久保田就沒有再養貓，但如果家裡有隻貓，莉莉在外頭追趕貓咪的毛病或許也會改掉。

不過，宮脇悟願意把他的愛貓託付給自己嗎？久保田擔心這件事，因此沒有聯絡本人，而是回覆捎來消息的那對夫妻。

請代我轉達宮脇，如果他願意，我可以收養。

回覆不是來自夫妻，而是宮脇悟本人——而且是直接打電話來。

好久不見了，老師！

明朗親切的聲音依舊如昔，就彷彿過去的疙瘩從來不存在一般。久保田幾乎要錯覺在宮脇畢業那天，自己是笑著送他離開校門的。

因為最後是那樣道別的，所以我一直很想再見老師一面。

啊，疙瘩果然是真實存在的——悟的話讓久保田回過神來。

老師願意收養奈奈，我當然很感激，不過有機會再見到老師，我真的很高興。

坦率地為再會而開心的聲音，沒有任何弦外之音。這一點令久保田高興，卻也覺得不甘心。他覺得在肚量這方面，自己完全輸給了這個比自己小了二十歲以上的年輕人。

嗯，是啊，聽到學生有難，我怎麼能置之不理？而且我喜歡動物，我家的狗也喜歡貓。

久保田也盡可能裝出落落大方的態度回應。

兩人討論碰面日期，週末久保田的行程都滿了。宮脇說平日也可以，久保田查了一下課堂空檔，發現週間有一天的白天有空。

你要怎麼過來？搭新幹線的話，我可以去接你。

久保田問，宮脇說他會開車過來。

奈奈雖然是貓，可是喜歡兜風。如果最後老師決定收養的話，請偶爾帶他出去玩。

我常帶莉莉去狗園，到時候也帶奈奈一起去好了。

兩人像這樣平順地聊過之後，掛了電話，今天宮脇終於要到公寓來了。

昨晚從大學回來後，久保田整理了家裡。出動吸塵器的間隔比平常更短。吸完地後，他在意起家具上的灰塵，接著撣起灰塵來。時隔許久，他想起以前妻子罵他家具的灰塵要在吸塵之前先清除，但他覺得光是願意除塵，就證明了他有打掃的幹勁，不必計較這麼多。

他打算起碼準備一下茶水和點心，但宮脇會吃過午飯再來嗎？下午一點這個時間很微妙，是不是應該由我邀他一起吃午飯？他來的時候再問，如果他還沒吃，就叫個壽司好了——那麼我午飯也不能吃太多，得留一點胃吃壽司才行。

上午的課結束後，久保田去了學校餐廳，各種妥協之後，點了天婦羅烏龍麵，但還是覺得有點空虛，又加點了三個豆皮壽司。久保田看著凸出來的肚腩心想：現在加點豆皮壽司不太好吧，但如果宮脇已經吃過午飯，最後沒有叫壽司，這一頓吃得還算少的。

莉莉那邊，等奈奈安頓下來再讓雙方見面吧。久保田這麼打算，先把莉莉關進裡面房間的籠子裡。

這時玄關門鈴響了。久保田按下對講機，與電話相同的聲音招呼：「老師午安，我是宮脇。」

開門一看，宮脇提著一個貓提籠站在門外。高瘦的體型，和學生時期一模一樣，親和的笑容也一如往昔。

「嗨，歡迎光臨。」

聲音是不是有點沙啞？久保田正在擔心，宮脇瞪圓了眼睛說：

「天哪，老師……你怎麼發福得這麼厲害！」

久保田一陣錯愕，忍不住笑了出來。沒錯，宮脇從以前就是這樣的學生。明明很親人，嘴巴卻意外地刻薄，老是像這樣把研究室裡的學生逗笑。

「託你的福，這十年來胖了二十公斤。」

「咦！這樣很危險吧？最好減肥一下喔，要不然成人病那些很危險的。」

「一個人住，自己煮也麻煩，不小心就整天外食了。」

久保田說著，把宮脇領到客廳。

「好厲害，好整齊喔！一點都不像老師這年紀的男人的獨居住處。」

「還好啦，這年頭至少要有這點自理能力。我也一個人生活很久了嘛。」

對於昨天才剛打掃的事，久保田隻字不提。

「老師的小孩……」

「兩個都去東京念書了。」

「這樣啊，已經這麼大了呢。現在幾歲了？」

「今年上面的兒子大學畢業了，底下的女兒剛進大學。」

宮脇把貓籠放到地上，感慨良多地嘆了一口氣：

「以前覺得大學生和小學生年紀相差好多，但出社會一看，其實也沒差多少呢。」

宮脇畢業那一年，久保田的兒子才小學六年級。

「就算在同一個職場工作也不奇怪。我們公司今年就錄取了應屆畢業生。」宮脇說。

真要這麼說，久保田就算有宮脇這個年紀的兒子也不奇怪。如果久保田更早結婚的話，是完全有可能的事。

回想起來，對於當時那個年紀的宮脇，自己怎麼會態度那麼幼稚呢？

宮脇打開貓籠蓋子看裡面，名叫奈奈的那隻貓沒有要出來的意思。

「不好意思，他平常不會立刻就出來……」

宮脇過意不去地說，對著籠裡呼喚：「喂～奈奈～」

「沒關係，就讓他去警戒，直到他放下心來吧。戒心強，證明腦袋很聰明。」

久保田制止說，宮脇聞言露出笑容。貓咪被稱讚，似乎讓他很開心。

「你吃過午飯了嗎？」

「吃過了，我想老師應該也在學校吃過了。」

「有可以帶貓進去吃飯的店嗎？」

「我稍微延後退房時間，把奈奈留在旅館去吃飯，然後再開車過來這裡。」

宮脇說車子停在久保田事先告訴他的停車場。

「不好意思，公寓沒有訪客停車位。」

如果有車子停在公寓前面的路肩，不曉得到底是誰通報的，立刻就會有警察冒出來開罰單。

「噯，坐吧，我來泡茶。等下奈奈也會自己出來吧。」

久保田端出從大學回來的路上買的紅豆餅當茶點，悟說「還熱熱的呢」，像個孩子般露出滿面笑容。

「好久沒吃了呢。看到下午點心是紅豆餅還是鯛魚燒，就會很開心，真奇妙。」

「在這邊好像叫做回轉燒。」

久保田披露搬到這裡之後得到的小知識，宮脇配合地驚奇說：「這樣嗎？」久保田有印象，宮脇在研究室裡，也是特別認真聽人說話的學生。

雖然成天耍寶逗笑身邊的人，是個開心果，但在課業方面也總是嚴肅投入，所以久保田也特別疼愛這個學生。他非常欣賞宮脇，甚至有時會自省：我是不是對他有點太偏心了？

明明這麼關愛他，當時怎麼會沒有發現呢？宮脇這麼體貼的學生會那樣堅持，肯定是有他的理由的，為何他會沒有想到？

如果時光能夠倒流，他現在仍然想回去堵住當時的自己的嘴巴。

第一次知道宮脇悟這個學生，是在通識課的地區經濟概論的課堂上。

當時他在課堂上提到了一本書，是關於某個當地產業計畫獲得成功的村落報導文學，在思考地方產業時，非常值得參考。

後來沒多久，下課後有個男學生跑來找他。

「我讀了老師之前上課提到的書，很有意思。」

因為也不是當成作業，連提到的久保田自己都忘了這件事。

「你特地去找來讀嗎？」

「是的，大學圖書館裡面有。」

起初久保田有些惡意地懷疑，會不會是出席日數岌岌可危的學生想要藉此博取好感？但學生沒有說出自己的名字，只是開心地提到對書中內容的各種感想。這堂課學生很多，久保田也不記得每個學生的臉和名字。

「比起報導文學，感覺更像在讀冒險小說。反過來利用不利的條件，勇往直前的地方，感覺有點像RPG。」

「什麼是RPG？」

「啊，老師這個年紀的人，不太玩電玩呢。就是《勇者鬥惡龍》、《太空戰士》那些……」

「噢，我知道。」久保田想到了，「小孩子都吵著要我買給他們。」

「就是那個。」

摻雜著當代年輕人用語的感想，對久保田來說也相當新鮮。

「完成一個任務以後，就會有下一個任務，每次完成任務，經驗值就會累積……我很少讀報導文學，但覺得這部作品戲劇性十足。」

「不是說現實比小說更離奇嗎？以成功的計畫案為主題的報導文學特別有趣，因為讀來讓人熱血沸騰。會覺得一群積極向前的人聚在一起的現場，就能開拓出嶄新的未來。」

「我懂，真的愈讀愈興奮。」

說著說著，宣告下課時間結束的鐘聲響了。

「不好意思，耽誤老師時間了。」

學生匆匆就要離開，久保田忍不住叫住他：

「你叫什麼名字？什麼系的？」

「我叫宮脇，經濟系二年級。」

如果久保田沒問，他一定不會報上名字，直接離開。男學生似乎只是想要和讀過的人一起討論有趣的作品。

此後，久保田開始會把自己的藏書借給宮脇。

「研究室裡有很多，你隨時可以來借。」

研究室的負責人是其他教授，但那名教授是一位知名的經濟學家，經常上電視、演講，外務很多，幾乎不會來大學。研究室實質的指導人是久保田，因此書架也幾乎都被久保田占據了。

宮脇從研究室借走的書，都是久保田認同的作品，對於意見討論，宮脇也毫不畏怯，積極參與。

久保田想，如果有這樣的學生加入研究室，一定樂趣橫生，結果隔年他的願望實現了。

宮脇帶著朋友申請加入研究室，那一男一女的朋友，似乎是宮脇邀請的。女生說家裡在山梨經營果樹園，宮脇笑說「我說可以為她家的經營派上用場，邀她來的」。而男生朋友似乎是自動黏著那個女生來的。年輕人常有的事。

久保田的研究室是以田野調查為主，剛加入不久，宮脇就提議夏季集訓的主題。

「咲田同學說她家可以給我們當實習場所。」

咲田就是宮脇邀她加入研究室的果樹園的女兒。他們和另一個叫杉的男生，三個人好像從高中就是好朋友。

宮脇提議的實習內容，是把研究室成員分成兩隊，在路邊賣水果，比賽哪一隊賣得多。至於商品，果樹園同意讓他們以幫忙農務換取。由於忙碌的採收期可以得到免費打工幫手，聽說果樹園也欣然答應。

好像本來就會在果樹園近郊的幾個地點進行路邊販售，研究室對抗賽當天，就交給學生顧攤子。

由於採取分隊比賽的形式，有競賽要素，學生們前所未見地熱烈參與，但是在分隊的時候發生了一些糾紛。

應該分成四年級VS.三年級的學年對抗賽吧？可是三年級有果樹園的女兒，和幫忙過果樹園的兩個男生，這樣不公平。如果要這樣計較，四年級有多一年的實習經驗，一樣不公平啊——倒是，銷售成績輸的那一隊，成績怎麼辦？

久保田明言不會以業績多寡來評分，而是以報告來打成績，最後終於以學年對抗賽的形式定案。

「老師，就算成績是用報告來打，但如果贏的隊伍能得到一些獎勵，比賽起來會更有勁。」

四年級的壞小子如此提議。

「可是要用什麼當獎勵？要是太不公平，你們又要生氣。」
「又不是小孩子了，如果輸了，大家會大大方方接受失敗的。」
讓久保田來說，對於區區大學副教授的經濟能力抱持過度的期待，正證明了他們還是小孩子。
「既然這樣的話，」宮脇舉手說，「請贏的一隊在慶功宴的時候用皮爾森啤酒乾杯如何？」
皮爾森是不包括在居酒屋的飲料暢飲清單裡的牌子，對學生來說高不可攀。但是指導老師請勝利隊伍乾杯，對荷包傷害還不算大。在提出這樣的折衷方案方面，宮脇也非常機靈貼心。
「不錯喔！」其他學生似乎也很支持。
「好，那就請贏的一隊喝皮爾森啤酒。」
久保田也當場答應，將荷包失血控制在最小，內心對宮脇感謝不已。
迎來的夏季集訓實習中，果樹園提供的商品是桃子和葡萄。
四年級隊和三年級隊，都想了一套自己的作戰計畫。
四年級利用部分商品製作試吃品，三年級則把出貨規格外的商品，也就是次級品廉價販賣。雙方各別在招牌上標明賣點，宣傳招牌只限一塊。

但久保田禁止三年級隊伍原本要在招牌上寫的「跳樓價」，強調便宜的其他字句也一樣。三年級原以為發現廉價次級品的己方隊伍勝券在握，因此發出不平之鳴，但原價品和特價品的話，勝算相差太懸殊了。

結果，招牌四年級寫「提供現場試吃」，三年級寫「B級品」。

從一早賣到傍晚，業績三年級隊更勝一籌。但這與其說是由於價格差異，攤販形態和招牌可讀性原因似乎更大。在國道旁向車輛銷售的路邊販賣，「提供現場試吃」似乎太冗長了，不容易一眼意會。

相對地，「B級品」三個字一眼就懂，而且這個詞本身就帶有划算的意味，能刺激顧客的期待。

這若是以徒步的客人為對象的攤販或小賣店，結果或許又會不同。與顧客距離愈近，試吃品愈能成為強大的攬客賣點。

不管怎麼樣，應該都已經得到寫報告的充分材料了。

那天是集訓的最後一晚，因此果樹園準備了豐盛的大餐款待。

「老師，我們家女兒受您關照了。」

果樹園老闆笑吟吟地為久保田斟上當地產的紅酒，久保田找不到時機聲明他酒量不好。

「是認識的酒莊特別賣給我們的。」

聽到這話，更難以拒絕了。而且喝起來非常順口，久保田不小心喝多了，注意到的時候，已經酩酊大醉。

就在他即將醉倒的前一刻，宮脇把他扶出了宴會場所。

「老師，我幫你鋪好被子了。」

他們借了果樹園庭院裡的獨棟小屋過夜。一回到房間，久保田幾乎是腿軟地癱在被褥上。

「謝謝你，多虧了你，我才不用出糗。」

「酒量好的人，很難想像酒量差的人的困境呢。我酒量也不太好，所以很擔心老師的狀況。有人要灌我酒，我就會跑去幫忙雜事開溜，但老師也沒辦法用這招。」

久保田老是覺得每次研究室飯局，宮脇就像隻小倉鼠似地忙得團團轉，沒想到是有這樣的用意在裡面。

「就算不喝酒，也照樣可以享受飯局啊，真希望不要強迫別人喝呢。」

宮脇似乎是那種享受場子氣氛的類型。

「咲田同學的父親酒量很好嗎？」久保田問。

「叔叔是千杯不醉，我和杉高中的時候常被他灌醉。」

「喂喂喂，高中生未成年吧？」

「別這麼古板嘛。而且灌酒的是咲田的爸爸，有意見去跟他說。」

宮脇把矛頭轉向久保田難以發作的地方，一臉事不關己。

杉似乎在高中的時候練出了好酒量，但宮脇好像沒訓練出什麼成果。

「可是，叔叔最得意的門生還是咲田。」

宮脇這麼笑道。

「所以在這場集訓中，她也一直嘮叨個沒完。她跟我抱怨說在自己家吃飯，就會被抓去忙東忙西，根本沒辦法好好坐下來喝酒。」

「這樣啊，真是對不起她了。不過這場集訓很有意義，太好了，這都多虧了你的提案。」

你來參加這個研究室，真是太好了——醉意催化下，久保田脫口說道。

「我本來以為你會去別的研究室。」

宮脇這個學生相處起來很舒服，所以有好幾個其他研究室的指導老師相中了他。

「我滿早就決定要來這邊了。」

「為什麼？」

「跟老師聊書的內容很有趣，而且第一次去參觀研究室的時候，就覺得很不錯。」

到底是什麼地方讓他這麼感覺？久保田納悶不已。

「老師，你的桌上不是擺著家庭照嗎？照片上有一起養的貓跟狗，所以我覺得很棒。」

「你是貓派嗎？」

久保田問，宮脇眨了眨眼。看來說中了。

「因為你說的時候把貓擺在前面。」

宮脇聞言，笑著點點頭：

「貓狗我都喜歡，但如果自己要養，我會養貓。小時候家裡有養貓。」

「怎樣的貓？」

久保田問。宮脇開心地回答：

「他叫小八，非常聰明聽話，是隻很溫柔的貓。額頭上有個八字形的斑點，身體白白的，尾巴是黑色的鉤狀尾巴。」

「鉤狀尾巴嗎？是隻幸運的貓呢。」

「是嗎？」

宮脇似乎不知道鉤狀尾巴的典故，不過久保田也忘了是在哪裡知道的。

「據說鉤狀尾巴的貓，尾巴的鉤子會把幸運勾過來。」

「這樣啊……」宮脇的聲音宛如嘆息，眼睛融融地笑著。

「那，鉤狀尾巴的貓，絕對會幸福對吧？因為自己的尾巴上就掛著幸運。」

「唔，理論上是這樣吧。」

「這樣啊……」宮脇的眼睛又融化了。

「看到老師的照片，我都會想，我的貓要是可以像這樣被養著就好了。」

宮脇說他小時候養的那隻貓，因為一些原因非送養不可，最後送給親戚養了。

「既然他的尾巴是鉤子狀，他一定過得很幸福吧。」久保田說。

「那太好了！」

接著兩人熱烈地聊了一陣貓經，可能是因為這樣，這天久保田夢見了貓。夢裡出現宮脇形容的那種貓。

隔天久保田把這件事告訴宮脇，他眼睛發亮：

「真的嗎?!他看起來幸福嗎？」

「不曉得耶，因為他只是窩在那裡曬太陽，說不上來呢。」

「既然在曬太陽，一定很幸福。」

接著宮脇有些不滿的樣子說：

「都沒有託夢給我，卻跑去老師的夢，小八真是無情。」

真心鬧彆扭的那模樣，教人莞爾。

「對對對，小八跑去老師的夢裡，卻沒有來我的夢裡找我呢。」

「居然為那種事嘔氣，那時候我覺得你好好笑。」
悟就是會為了那種事嘔氣的男生啊，老師。我聽著兩人說話，好笑得不得了。
站在小八的角度，他一定很失望：為什麼悟不夢見我！
「這麼說來，奈奈也是鉤狀尾巴呢，斑點也是……」
老師從沙發轉頭看我。這個老師的聲音含糊不清，聽不太清楚，所以他們聊到一半，我就從籠子裡出來了。
「對啊，跟小八長得一模一樣。第一次看到他的時候，我真的好驚訝。不過尾巴的鉤子方向相反，從上面看去，是數字7的形狀。」
是幸運七的鉤狀尾巴喔，老師。勾來幸運的力量比小八還要強，是我的驕傲喔。
「這樣啊，那你跟奈奈的邂逅，就像是命中注定呢。」
哦！說得好，老師。請你照這樣把悟訓個一頓吧。
叫他千萬不能平白放棄命中注定要和幸運七的鉤狀尾巴邂逅的命運。
「對了，我還買了蛋糕，要吃嗎？」
老師起身，悟連忙制止，「不用了，我吃不下了。」
「你食量真小。年輕人這樣怎麼行呢？」
不不不！悟最近食量確實變少了，可是老師端出來的點心量未免太離譜了吧？
從紅豆餅開始，一下是米餅、一下是仙貝，然後問要不要吃水果？來點蜂蜜蛋糕如何？就像這樣，要是奉陪著吃下去，絕對會變成大胖子。悟光是吃完最先端出來的今川燒，就已經快吃不下了。

「這樣啊？那家店的蛋糕，女學生都說好吃呢……」

可能是老師垂頭喪氣的樣子太可憐，悟還是心軟了，「那，我吃一點好了。」

老師離開後，我走到悟那裡，坐到他的膝蓋上。

「你出來了，奈奈。你喜歡老師家嗎？」

不，只是聽不清楚你們說話，所以出來而已。聽說這裡有養狗，所以只要挑釁那隻狗，打上一架，想要毀掉這件事還怕沒有理由嗎？

悟看著在廚房忙碌的老師，輕聲說：

「老師果然還在對那件事耿耿於懷嗎……？」

我也覺得不太對勁。

老師接二連三使出零食攻勢，是因為害怕尷尬。只要對話稍一停頓，老師就立刻毛躁不安起來，逃去廚房。結果就演變成怒濤般的零食攻勢了。

就算不是貓，也看得出這一點。老師一定是對悟感到心虛。

「想要吃哪一個，自己拿吧。」

老師說著拿來的蛋糕盒裡，裝著六塊蛋糕之多。明明只有兩個人吃，這數目顯然太誇張了。

悟好像也有點嚇到了，但看到盒子裡面有淡橘色的果凍，吁了一口氣。似乎是發現勉強可以塞進肚子裡的東西，放下了一塊心中大石。

「我吃這個。」

「這樣啊，聽說那是這個月的限定商品。」

老師說著，把一看就膩死人的蒙布朗拿到自己的碟子上。之前也吃了一堆零食，但老師一點都沒有肚子快撐破的樣子——或許撇開心虛的部分，他對於一個人應該吃得下的蛋糕數目，認知異於一般人。

悟為了避免吃完後又被硬塞東西，用小湯匙一小口一小口舀著果凍吃，教人發笑。

久保田和宮脇的關係原本相當良好，但久保田的家庭因素，導致兩人關係生變。妻子發現罹癌了。宮脇升大四的時候，醫師診斷久保田的妻子剩下不到一年壽命可活。

起初久保田不打算告訴任何人，但妻子在秋天住院，久保田開始到醫院照顧妻子，實在無法繼續保密下去了。在家要照顧孩子和寵物並處理家事，還要上醫院照顧妻子，久保田的生活實務能力並未高超到能夠完全瞞著學生。而且他負責的研究室本來就有許多田野調查工作，和學生交流密切。

坦承家中狀況後，學生們針對研究室的運作方式做了各種改善，以減輕久保田的負擔。

其中尤其是宮脇，更是無微不至地協助久保田。不只是研究室的事務，就連完全是私事的採買等工作，他都積極幫忙，找不到保姆的時候，宮脇甚至到久保田家來照顧小孩。

宮脇很會跟小孩相處，孩子們也都很喜歡宮脇。在妻子住院以前，寵物都是大人在照顧，但自從請宮脇每星期來家裡幫忙一次以後，孩子們便開始扛起能夠做到的照顧工作。

似乎是看到「宮脇哥哥」照顧寵物很快樂，他們也想要模仿了。很快地，遛狗甚至成了兒子的差事。他會在放學回家後，趁著太陽還沒下山前去遛狗。

「你幫了我這麼多，真是不好意思。」

久保田抱歉地說，宮脇笑道：「這不算什麼。我很期待見到小咪和約翰，而且今年的課也只剩下研究室的部分而已。」

令人佩服的是，必修學分宮脇好像在去年以前就全部修完了。畢業後的工作，他說也已經得到公司內定了。

有這麼多讓人容易依賴的條件，久保田也不小心就放手依賴了。他向宮脇傾吐妻子的病情，應該也說了不少喪氣話。

妻子一直維持著紙飛機低空飛行般的穩定狀態，但年關一過，病情便急劇惡化了。

應該看不到今年的櫻花了。醫生也如此宣告。

就在這樣的某一天，應該早就繳交完畢業論文的宮脇預約久保田的時間，來到研究室。

他的表情非常凝重。

「到底是怎麼了？」

久保田在意著要去醫院的時間，催促宮脇，宮脇立下決心開口說：

「老師，請把師母的病情告訴孩子們吧。」

——還以為他要說什麼！

久保田沒有告訴孩子們他們的母親得了不治之症。兒子才小學六年級，女兒比哥哥還要小四歲，他不忍心把母親已經藥石罔效的現實告訴他們。

他已經有了一個人扛到最後的覺悟，不讓孩子們經歷任何悲傷難過。等時候到了，再告訴孩子們真相就行了。他不想讓孩子們抱著母親已經快離世的悲傷情緒去探望她。

希望直到最後一刻，他們和母親的相處都能夠是充滿幸福的時光。

「你太多管閒事了！」

久保田幾乎是反射性地拒絕。

「老師！」

不是別人，偏偏是宮脇，竟在這種時候插口干涉這種事。正因為對方是宮脇，怒意更是一發不可收拾。

他還以為宮脇是最了解他心情的人，所以宮脇才會如此犧牲奉獻地幫忙他。

「不要干涉別人家的事！」

明明讓宮脇幫忙家裡這麼多，竟自私地全部束之高閣。事後回想，這自私的行徑讓他無地自容。

但宮脇也沒有乖乖退讓：

「老師，孩子們都已經知道了！」

聽到宮脇這話，久保田怒不可遏。難不成……

「你該不會告訴他們了吧！」

「我沒有說。可是就算是孩子，也知道他們的母親不久人世了。」

若是冷靜聆聽，應該可以理解宮脇想要表達的意思。但當時久保田卻只是整個人疑神疑鬼。

嘴上說沒說，會不會其實早就洩漏了？或是現在沒說，遲早也會忍不住說出來？

「就像老師深愛師母那樣，孩子們也深愛著他們的母親啊！如果母親就要離開了，小孩也會想要好好跟母親道別的！求求你，讓孩子們跟母親說再見吧！」

宮脇這話彷彿在指責他完全不懂小孩的感受，更加觸怒了久保田。

你又沒有小孩，到底懂什麼？說得一副你才是站在小孩那邊的口氣。

「既然是父親，就不該讓小孩留下後悔！」

「你才不懂為人父母的心情，少在那裡多管閒事！」

如果能夠讓時間倒流，收回那句話的話——事後久保田不曉得有多麼後悔。

但是儘管形同心傷遭到蹂躪，宮脇卻一步都不肯退讓：

「我不懂為人父母的心情，但我懂孩子的心情！我曾經是個孩子，所以比老師更清楚孩子的心情！」

——宮脇是懷著什麼樣的感受，擠出這句話來的？

「孩子也想要在來得及的時候跟母親說再見的！會想要跟母親說我最愛媽媽了、謝謝媽媽！」

那宛如慟哭般的聲音，幾乎把久保田震懾了。

他幾乎被壓倒，慌亂之中拉下了鐵門：

「你不要再來我家了！不要靠近我的小孩！——也不用來研究室了！」

宮脇的表情被絕望封閉了——明明不關他的事，為什麼他能露出那樣的表情？

久保田害怕面對悟那張彷彿世界在眼前終結般的表情，逃之夭夭地離開了研究室。

這就是久保田和在學中的宮脇最後一次面對面。

久保田叫宮脇不用去研究室了，這話是真的。宮脇在過年前就已經繳交完畢業論文了。

論文無可挑剔。

宮脇遵守久保田蠻橫的吩咐，再也沒有出現在研究室。沒事也時常跑到研究室的開心果忽然消失，學生們起初都覺得奇怪，但宮脇似乎跟他們說，宮脇去內定的公司實習了。

逼迫他告訴孩子們真相的那股氣勢實在教人耿耿於懷，久保田向據說是宮脇最好的哥兒們的杉不著痕跡地打探：

「宮脇為了我孩子的事，相當擔心。他似乎對孩子有很深的感情，這有什麼理由嗎？」

杉露出了然於心的表情。也許宮脇告訴他什麼了。

「宮脇小時候父母出車禍過世了，聽說那時候他跟老師的兒子一樣大。也許他是過度感同身受，不小心說了過度干涉的話……」

請老師諒解——杉的口氣像是很想補上這麼一句。

「我明白了，謝謝你。」

久保田口中道謝，但內心幾乎要崩潰了。

自從被醫師宣告妻子來日無多以後，他就再也沒有如此崩潰過。

自己對宮脇說的那些話全部反彈回來，摧殘著他自己。

你根本不懂為人父母的心情——小時候失去父母的宮脇，聽到久保田這麼說，會是什麼心情？

不管宮脇再怎麼想知道，都再也無從得知父母的感受了。也沒有父母可以詢問這種時候，身為父母會是什麼感受了。

因為我曾是孩子，所以比老師更清楚孩子的心情——宮脇知道的，確實只有孩子的心情。

他只知道，某天突然被宣告父母死亡的孩子會是什麼樣的心情。

得知這件事以後，久保田動搖了。該說嗎？還是不說？

終於進入倒數階段，他猶豫到最後一刻，只告訴了兒子。

媽媽已經不久人世了。

兒子哭了，但並不震驚。或許就像宮脇說的，兒子早有母親即將離世的預感。

就算去探望，妻子意識清楚的時間也不多。

兒子抓緊那短暫的時光，一次又一次說：「謝謝媽媽」、「我最愛媽媽了」。

同時也幾乎是命令似地，要妹妹也這麼說。

妻子已經幾乎無法言語了，但聽見的時候，會點頭回應。

如果來得及，會想要好好說再見。想要說「謝謝媽媽」、「我最愛媽媽了」——兒子說的話，和宮脇當時說的完全相同，所以久保田懷疑宮脇果然把妻子的病情洩漏給孩子們了，但看到兒子拚命想要把心意傳達給妻子的那模樣，他漸漸覺得都無所謂了。

妻子在春暖乍寒的二月下旬逝世了。

葬禮結束後，兒子說：

「爸，謝謝你告訴我。」

淚水奪眶而出。

幸好我告訴他了——肩上重擔頓時卸了下來。女兒還不到能理解一切的年紀，但沒有奪走兒子說再見的機會，真是太好了。久保田鬆了口氣。

——約一個月後，建議他這麼做的宮脇畢業了。

因為還在服喪，久保田缺席了謝師宴，但他參加了畢業典禮。

典禮結束，研究室的學生們前來致意。他們不知道該對服喪中的久保田說什麼好，寒暄很簡短。

宮脇也在其中，但結果兩人沒有交談。當時的氛圍就算不交談也順理成章，因此久保田也就順勢避開了。

他自私地深深傷害了宮脇。事到如今，他不敢再去觸碰他。

離去之際，宮脇默默地低頭行禮。
久保田也以目光致意，就這樣結束了。

「結果，那個時候我告訴兒子內子已經快走了。」
聽到老師的告白，悟輕笑道：「這樣啊。」
「如果沒有你那番話，孩子們就無法好好地跟內子道別了。可是我卻……」
老師突然低頭鞠躬：
「真的對不起！」
「請不要這樣，老師！」
悟忘了我還坐在膝上，半蹲起身。哎喔喔，這要是我以外的貓，早就滾下去了。
老師抬起頭了，悟似乎也鎮定了一些，再次坐回沙發上。
「我才是，也沒考慮到老師的心情，只是一廂情願地說出自己的想法……但老師還是願意考慮我的話，我才覺得抱歉。」
悟說，低了一下頭：
「對不起。」

被悟這樣道歉，老師愣住了。

「最近我總算了解老師和師母的感受了。我想到如果自己是必須說再見的那一方……」

如果——自己只剩下一年的壽命，無藥可醫，只能說再見的話……

「我想如果是我，一定也不願意讓剩下的時光充滿悲傷，一定會希望心愛的人直到最後一刻都對著我笑。」

不管是大人還是小孩，終究還是會以自己的想法為優先。因為是最後了，所以想要說再見，或直到最後都不想要愁雲慘霧地說再見。

大人和小孩的境界是很模糊的。愈是相信有這個境界的小孩，愈喜歡老氣橫秋地談論大人就應該如何。這麼說的你，什麼時候變成了不起的大人啦？

「可是我卻說了彷彿責怪老師和師母的選擇的話……」

把自己的判斷交給感受，而不是本能的時候，人類就失去了我們動物所擁有的大人和小孩的境界。摸索著那模糊的境界，掙扎著「如果是我，會怎麼做」，這樣的人類，只能成為自己心目中相信的大人。

身為父母的話，就該為孩子怎麼做——會像這樣用自己的認定去逼迫老師，代表悟還是個孩子——但人類有些部分，就是小孩才有辦法撼動的吧。

雖然動物的話，當然是愈老愈聰明囉。

「所以今天不只是來託付奈奈，可以見到老師，向老師道歉，我覺得很開心。」

老師低下頭，不停地搖著頭。他吸起鼻涕，似乎有點哭出來了。

老師已經不再好似害怕沉默地不停端出點心了。

人也沉穩下來，看著悟的眼睛，聊了許多過去的回憶，開心地一直笑。

——雖然很捨不得，不過時間也差不多了。

「該讓奈奈跟我們家的狗見個面了。」

老師說，站了起來。

「狗叫什麼名字？」

「莉莉。他最喜歡貓了，不用擔心。」

老師離開客廳。

結果是狗先來了——正確地說，是狗甩開老師，衝進客廳裡來了。

是貓——！貓貓貓貓貓來玩——！

興奮滿點地朝我們飛撲而來的——是一隻高度和一頭小牛差不多的大丹犬。

這未免大得太離譜了吧，什麼鬼啦——！

就連悟也忍不住站起來作勢要逃，我則是以光速衝到悟的頭頂。弓起背部，尾巴大爆炸，惡狠狠地威嚇瘋狂地吵著要玩的大丹犬。

考慮一下體型差距好嗎！誰要跟你這個瘋子一起玩！

被大丹犬一撲，悟抵擋不住，被壓倒在沙發上。

貓——！

窮途末路、生死一線！就算對方沒有惡意，被他用這種勁道撲上來玩鬧，內臟會當場噴出來。

我「嗄！」地大吼，利爪一揮。「該因！」狗哀嚎了一聲。

不要過來！不許靠近！後退！

大丹犬終於退了一步，但還在窺伺撲上來玩的機會。有點痛耶，你好壞喔，不管這個，你什麼時候才會氣消？氣消了就會跟我玩嗎？跟我玩嗎？大丹犬的尾巴搖得快斷了，訴說著千言萬語。

這種狀況是要怎麼讓人氣消，白痴！

「難道奈奈怕狗嗎？」

不是這種問題好嗎——！

「呃，應該不是這個問題……」

謝謝翻譯支援喔！我忙著威嚇巨大過頭的莉莉，沒空理老師。

「很遺憾，奈奈好像無法接受呢。」

「這樣啊……」

老師總算把莉莉牽回裡面的房間去了，但接著莉莉甚至拽倒老師，想要回到客聽來。

「和奈奈見面沒成功，真的很遺憾，但能見到你，我真的很開心。」

「我也是。」

「我可以問個問題嗎？」

臨別之際，老師客氣地問。

「可以啊，什麼事？」

「內子過世之前，我兒子說了好幾次『謝謝媽媽』、『我最愛媽媽了』。就跟你說如果來得及，想要跟父母說的話一樣。難道你把內子的病情告訴我的孩子了嗎？」

「沒有。」悟笑了。「會說一樣的話，是理所當然的事啊。只要是被父母寵愛的孩子，最後想要告訴父母的話，除了『謝謝』和『我最愛爸爸媽媽了』以外，還有什麼該說的呢？」

「確實。」老師露出理解的神情。

「師母的事，只有老師可以告訴孩子，所以我才會跟老師那樣吵起來。」

「這樣啊。」老師一再點頭，最後笑了，「謝謝你那時候願意跟我吵架。」

老師才是，謝謝你對悟這麼說。我代替似乎百感交集的悟，在貓籠裡熱情地叫了一聲，代替道謝。

離開老師的公寓後，悟在鋪石板的異國風街道上走了起來。可能是因為離幹線道路較裡面，沒什麼行車，是一條悠閒舒爽的道路。

我也走一走好了。身上沾了一堆莉莉的口水，這樣下去，籠子裡會充滿狗臭味。我抓了抓貓籠的門鎖，悟替我打開蓋子，「奈奈也要出來嗎？」

白色石板地踩起來觸感和平常行走的柏油路不一樣。石頭表面硬硬涼涼的，肉球覺得很舒服。感覺光是走在這條路上，就會變得健康。

一道快門聲響起，回頭一看，悟正拿著手機鏡頭對著我。

「好像一幅畫啊，奈奈。」

悟好像在看剛才拍的照片。

「我們繞點路再回去吧？」

悟說，邊走邊拍了好幾張我的照片。我擺了幾次可愛的姿勢，當成福利。

狗味幾乎都被風吹散後，我們回到停車場，乘上銀色休旅車。

剛才全憑氣勢壓制如小牛般的大狗，疲累似乎這才顯現出來了，悟開車沒多久，我一下子就進入了夢鄉。

「奈奈，休息囉。」

悟輕聲喚醒我，我打了個哈欠，甩了甩頭。現在在哪裡？我伸長脖子看窗外，前方是湛滿了水的湖面。

「是琵琶湖喔。來的時候不是說要來看看嗎？」

我明明說不用了！

「喏，下去看看吧。」

幹嘛沒事跑來自討苦吃，經歷像海邊那樣的驚嚇……雖然很不起勁，但悟抱著我下車了。

我已經作好了會聽到直擊丹田般的沉重波濤聲的心理準備，沒想到卻一陣落空。湖岸邊只有靜謐的水波反覆拍打上來，聽不到駭人的呼嘯轟隆聲。一樣看得到水平線，海和湖卻是截然不同呢。

這樣的話，散步很不錯。我開心地在岸邊逛起來。

附近零星可見一樣來參觀湖泊的人。

這時，一個拿著相機東張西望的老先生和悟對望，表情乍然亮了起來。

「不好意思，可以請你幫忙拍個照嗎？」

似乎是想和一起來的太太拍張紀念照。

悟經常像這樣被路人拜託各種事。一定是他散發出過人的親和力吧。

「沒問題。」

悟接下相機，看著觀景窗，對老夫妻指示：

「請往右邊靠一點。對對對，那邊景色很漂亮。」

悟對著拚命擠出笑容的老夫妻按下快門後，說「再拍一張」，又按了一下。

「謝謝。」

似乎拍好了，所以我走向悟，老奶奶興奮地驚呼：

「哎呀！這是你的貓嗎？」

「對，他叫奈奈。因為他的尾巴是鉤子狀，就像7的形狀。」

我老是疑惑：沒必要每次都對萍水相逢的路人介紹我的名字吧？不過看到別人對我感興趣，悟應該很開心吧。

「你們一起旅行嗎？」

「對呀。」

結果老奶奶輕拍了一下手，就像想到了什麼好點子：

「方便的話，我幫你們拍張照好嗎？洗出來再寄給你。」

「噢，這樣好。」

老先生似乎也很起勁，悟也是，「真的可以嗎？」

悟連忙抱起我，站在背對湖泊的地點。

老先生按了好幾次快門，讓悟確認照片。

「這樣可以嗎？」

「哇，真是太謝謝了！太好了呢，奈奈，把你拍得很可愛喔。」

貓奴心性完全暴露出來了。

悟把住址告訴老婦人之後道別了。

——回到東京一陣子後，收到了照片。

信封上的文字對我來說就像蚯蚓在爬，但悟說那是「一手龍飛鳳舞的好字」。

他說短箋上寫著「感謝你前些日子的幫忙。祝你健康」。

悟仔細端詳總共三張的照片，瞇起眼睛說：

「這是我們第一次合照呢，奈奈。」

悟一個人住，所以我們從來沒有一起拍照過。

「真開心。」

悟立刻把照片放進相框裡擺起來。

這時住的公寓，後來一段日子以後退租了，但悟把那張照片寶貝地擺飾在下一個住處——即使搬進我無法進入的病房後，依然帶著那張照片。

悟不再需要那張照片以後，照片回到了我身邊。

我就看著這張照片，幸福地過完了餘生，不過這又是後話了。

fin.

# 貓島

「小龍，要不要去貓島？」

攝影師的父親吃著晚飯，突然這麼說。

那是父親再婚，我們家從北海道搬到沖繩沒多久的時候。

父親再婚的對象叫晴子，她笑起來就像太陽一樣，是個很好的人。可是我忘不了過世的母親，怎麼樣就是沒辦法叫晴子阿姨「媽」。

雖然現在我們已經相處得很融洽，幾乎無法相信以前那麼尷尬。

當時父親為了讓我跟晴子阿姨親近起來，動不動就強制「全家一起出遊」，讓我覺得有點受不了。

我也是正值敏感年紀的男孩啊。愈是被強迫，開口叫晴子阿姨「媽」的時機就變得愈遠。

可是，「貓島」有點吸引我。這個詞讓人感覺彷彿有什麼奇幻故事即將展開。

「貓島是什麼？」

我問晴子阿姨。晴子阿姨的工作是導遊。雖然我是小孩，但還是很貼心地在餐桌上向晴子阿姨討教她的專業領域。

「就是竹富島啊。島上住著很多貓，最近在愛貓人士之間似乎漸漸火紅起來。」

連大人的體貼都不會的父親搶著回答，擊墜了我的貼心。我和晴子阿姨對望，不約而同地笑出來。

爸真是傷腦筋呢。

對啊，真是的。

「要怎麼去？」

晴子阿姨回答了這個問題。我的貼心總算得見天日了。

「從那霸搭飛機去石垣島，然後坐船去。坐高速船好像只要十分鐘。」

「是喔？那滿近的耶。」

沖繩有許多離島，也有許多小型飛機的聯絡班機。我漸漸習慣搭飛機出門去的沖繩地理感覺了。

「阿勝，你接下貓攝影的工作了嗎？」

晴子阿姨問道，父親則遞出空掉的茶杯，一臉愁容：

「嗯，實在拒絕不了。」

「這樣嗎？」晴子阿姨疑惑地歪頭，替父親斟茶。

「我說我不是專門拍動物的，但對方說這樣也沒關係。」

原來是父親認識的編輯部委託。雜誌要做貓特集，有個「旅行與貓」的單元，竹富島也成為候選地點，但好像沒有預算讓自家攝影師去竹富島出差。

結果雀屏中選的，是搬到沖繩的認識的攝影師。

日後竹富島成了知名的貓島，但當時還是內行人才知道的秘境，因此那個編輯部的情報搜集網可以說相當靈光。

「不是很好嗎？阿勝你不是喜歡動物嗎？」

晴子阿姨還不了解父親。

「不是，可是講到工作就不一樣了。而且我跟貓有點……」

「咦，你討厭貓嗎？」

我代替詞窮的父親回答：

「爸爸不討厭貓，可是大部分的貓都不喜歡爸爸。」

「要你管。」父親說著，把苦瓜雜炒夾到新添的白飯上沾一下，再扒進嘴巴裡。

簡而言之，父親就是太想摸貓、太想玩貓，太吵鬧了。他「哇～～」地衝向貓，嚇得貓咪逃之夭夭，要不然就是被貓嘶吼威嚇。

「狗的話就還好說……」

就連狗，願意奉陪父親的也只有心胸開闊的狗或成熟的狗。父親老是嚇到怕生的狗，難搞的狗也會吼他。

以前去奈良的時候，父親發現小鹿，大呼：「是斑比！」衝了過去，遭到母鹿憤怒的衝撞。

要不要把這件事告訴晴子阿姨？我正這麼想，但隨即想到當時是和過世的母親一起去的，便打消了念頭。

「如果是大山椒魚的話，或許可以拍得很好。」

我沒有說出那段往事，而是如此打趣說。父親認真地點點頭，「大山椒魚感覺跑不快。」對一個攝影師來說，這算是認輸宣言吧？

「大家一起去的話，週末還是節日比較好呢。」

晴子阿姨放下筷子去翻自己的記事本。假日時，晴子阿姨多半都有嚮導工作。

「下下星期的週末我有空。星期一是創校紀念日，可以去個三天兩夜，應該滿不錯的。」

創校紀念日是指我讀的小學的紀念日。當然不是月曆上的節日，在晴子阿姨提起之前，我連這天有放假都忘記了。

原來晴子阿姨會在自己的記事本裡寫下我們學校的活動——一想到這裡，胸口便一陣搔癢。晴子阿姨會在記事本裡寫下我們學校的活動，是因為她變成了我的「母親」。她每天幫我們做飯，也會打掃洗衣，學校懇談會也是她來參加。就算父親去，交代的事一定也會丟三落四，因此這是正確的角色分配。

晴子阿姨每天都扮演我的「母親」。

但我要叫她「晴子阿姨」到什麼時候呢？

可是要叫她「媽」，我還是感到有些手足無措。母親過世之後還不到兩年。

晴子阿姨什麼也沒說，只是爽朗地笑，讓我完全恃寵而驕了——在不叫她「媽」這件事情上。

「好，那我們下下個星期去。」

父親開心地說，去貓島的行程就這麼決定了。

當天天公作美。

我們搭乘最早的班機從那霸機場飛到石垣島，再從石垣機場搭接駁車約三十分鐘到渡輪碼頭。晴子阿姨完美地安排了轉乘手續，因此離家才短短三小時，我們已經坐在前往貓島的高速船上了。

這天的沖繩大海的顏色依舊，是每次看都美得不真實的綠松色。搬來沖繩後，最讓我驚訝的不是盛開的南國鮮花，也不是熾烈白亮的太陽，而是尋常可見的港口。就連盈滿小漁港中的海水顏色，都是彷彿溶化的顏料般的明亮青色。那種青色就像小孩子玩耍調出來的漂亮的彩色水，從碼頭一路延伸到海面上。

石垣港也是這種感覺。高速船就像打水漂的石頭般，咻地開過延伸至竹富島的難以置信的綠松色之中。換算成時間，大約是十分鐘。

父親說也得拍景色，從乘上渡輪前，就在各個重點場所按下相機快門。

船抵達竹富島的小碼頭，乘客吵吵嚷嚷地下船了。

走出渡輪碼頭後，有許多小巴士和休旅車在等待。都是旅館的接駁車。這是一座一周只有九．二公里的小島，完全沒有計程車在等客人。島上根本就沒有計程車公司。

乘客坐上各別的接駁車離去，但我們要等父親拍照。父親迅速地拍攝渡輪抵達的突堤和渡輪碼頭等港口景色。

「沒看到貓呢。」

我和晴子阿姨在日蔭處等父親，我這麼問晴子阿姨。清爽的港口，目前沒看到半隻貓的蹤影。因為叫貓島，我還以為從突堤就會有一列貓咪排排站迎接，因此有些希望落空的感覺。

「聚落和海岸那邊有很多貓，港口這邊因為大家一下子就走掉了。」

趁著抵達的船隻再次載上客人離港的短短五分鐘之間，父親拍下船隻離港的身影，接著公車站那裡來了一輛休旅車。

晴子阿姨朝休旅車揮手：

「我請對方等阿勝大概拍完照的時候來接。」

不愧是導遊，時間估算得剛剛好。再婚以前，晴子阿姨就為父親在沖繩的攝影旅行做過許多次嚮導。

從港口到島嶼中心的村落，坐車慢慢過去，也只要短短兩、三分鐘。一路上沒有半輛車子擦身而過。

柏油路結束，車子開進鋪白沙的路。村落裡的路都沒有鋪面，鋪滿白沙的道路穿梭在櫛比鱗次的矮石牆民宅當中。民宅屋頂上鋪著沖繩獨特的紅瓦，以及風獅爺。

休旅車停在一棟小民宅前面，屋頂上鎮坐著相貌格外傻氣的風獅爺。

「喔！妳訂了這裡嗎？真開心。」

父親的聲音很雀躍。

「我第一次請晴子替我導覽的攝影旅行，最後住的地方就是這裡。」

「看起來像普通人家……是民宿嗎？」

就算是民宿，也非常小巧，感覺頂多只能容納一個家庭。

於是晴子阿姨插口說明：

「是老家在竹富島，但不住在這裡的人，把房子租給觀光客。因為偶爾有人來過夜生活，屋子比較不容易損壞。把它當成小屋就行了。」

似乎是晴子阿姨的朋友在工作空檔經營的副業。

父親興沖沖地下車，和司機一起搬行李。因為有攝影器材，東西比一般家庭的三天兩夜旅行還要多。

晴子阿姨走進整面都是草坪的庭院，把手伸進石牆隙縫。從隙縫取出來的，是附有木牌的鑰匙。

這太過老派的鑰匙交付方式，讓我驚呼：「咦！」晴子阿姨笑道：

「屋主在的話，會親手拿鑰匙給我。人沒辦法來的時候，就這樣給鑰匙。」

「這樣在島上沒問題嗎？」

怎麼說，沒有安全方面的疑慮嗎？

「在島上沒問題啦。」

的確啦，應該是不會有宵小特地跑來竹富島行竊。

進入屋內，一眼就可以看到整個格局。三間和室、小廚房、廚房後面應該是浴室。就這樣。住一個家庭剛剛好。

以前爸爸和晴子阿姨也一起住在這裡嗎？疑問閃過腦海。父親第一次來沖繩攝影旅行，應該是母親過世後半年左右的事。

結果晴子阿姨抿唇一笑，附耳小聲對我說：

「那時候我住在其他朋友家啦。」

「是喔？」我應聲，跑去幫忙在玄關抬行李的父親。接駁車已經走了。

「之前來的時候，有拍到好的貓照片嗎？」

「之前不是來拍貓的。」

似乎是來拍旅遊導覽的景色照片，貓只是順便。

被褥準備了三組。用烘被機烘過，鬆鬆軟軟的。

「哦！這是我們一家人第一次排成川字聯床而睡呢。」

父親就愛特地把這種話講出來，教人頭痛。這會讓我遲疑是不是該為了過世的母親，鬧彆扭拒絕三個人一起睡。不要特地說出來就好了嘛。

「這個房間面東，晨光特別舒服喔。你可以期待明天起床。」

晴子阿姨這麼說，讓我有了藉口不必固執己見，以至於放棄美好的早晨。

「廚房有食材，我簡單做一頓午飯。」

冰箱和收納櫃裡放滿了食材，似乎是民宿老闆準備的，屋內有的東西，住客都可以任意使用。浴室裡的毛巾和盥洗用品、洗衣和打掃工具也是一樣。生活必需品應有盡有，充滿了生活感，感覺就好像趁親戚不在的時候跑來人家家裡住一樣，十分奇妙。

「那，我先去租個自行車。」

據說觀光客在島上的交通方式，主要是徒步或騎自行車。自行車打通電話，店家就會送來要租的數量，但因為店家就在附近，父親似乎要當成散步走過去。

「相機先不要帶吧。」

晴子阿姨目送父親出門，表情不太好看。

「我要做雜炒麵線，一下子就好囉。」

「沒關係啦，我馬上就回來。」

父親說著，肩上揹著相機出門了。

「我看抓個三十分鐘差不多吧。」
晴子阿姨的估算總是很準確。三十分鐘就回來的話，還算快的。
「小龍，你也可以去附近逛逛。」
「我睡一下好了。」
今天起得很早，我覺得有點睏，而且放在庭院的日光浴海灘椅有點吸引人。
「庭院的椅子可以坐嗎？」
「可以啊。」
我走出庭院，在沙灘椅躺下，又慌忙跳起來。因為高掛的日頭，光線角度剛好直射眼睛。我調整椅子的位置和椅背角度等等，尋找舒適的地點。
總算調好之後，大門那裡有人探頭看這裡。是一個彎腰駝背的老婆婆。是附近的人嗎？我疑惑，但對方看得實在太大刺刺，讓我有些如坐針氈起來。
「請問有什麼事嗎？」
我爬起來走到老婆婆那裡，嚇了一大跳——老婆婆的右眼一片白濁。
試圖隱藏的驚慌似乎被老婆婆發現了。她按住右眼說：「嚇著你了嗎？抱歉啊。」
「啊，不會。」
雖然這麼回答，但當下嚇了一跳是事實。是所謂白內障那些嗎？
「小時候生了一點病。」

似乎不是年紀的關係。老婆婆的右眼好像完全失明了，如果是從小就這樣，一定很不方便。

「你是他們的小孩嗎？」

他們是指父親和晴子阿姨嗎？

我本來覺得直接回答「是」比較省事，但老婆婆接著又問：

「年紀好像搭不上？」

因此我決定說明詳情。也許老婆婆認識兩人。

「我爸爸是再婚，我是爸爸的小孩。」

「啊，這樣啊，難怪。我想說如果是後來生的小孩，年紀未免太大了。」

老婆婆果然認識兩人的樣子。

「妳認識我爸爸他們嗎？」

我問，老婆婆含糊地說「算是吧」。

「幸福嗎？」

這唐突的問題令我困惑，支吾起來。因為我一時弄不清老婆婆是在問誰幸福嗎？我、父親，還是晴子阿姨？

「晴子阿姨在準備午飯，我爸去租自行車……」

結果我應得文不對題，就像在唸故事書裡的老套開頭「爺爺上山砍柴去、奶奶河邊洗衣去」。會先提到晴子阿姨，是因為她在家裡。我是在想，老婆婆是不是想要我去叫他們之中的誰過來？

結果老婆婆瞇起了眼睛，笑意深埋在皺紋遍布的臉中，我晚了幾秒才看出她是在笑。

「幸福就好。」

我又沒有說我幸福，老婆婆卻這樣說。

「我一直有點掛心他們兩個。」

「晴子阿姨在家，要叫她嗎？」

「不用、不用。」老婆婆揮揮手，翩然離去。勉強挽留她也很奇怪，因此我只是呆呆地目送。

我回到好不容易調整到最佳位置的沙灘椅躺下來。

沒多久父親回來了。

「噢，小龍，很舒服嘛。」

「爸。」

時機真不巧。

「如果你早點回來就好了，有認識你的人來過。」

「認識我的人？」

「一個老婆婆。」
總覺得不好說出右眼白濁的事，我說「那個人眼睛好像有點不太好」，但父親似乎想不到是誰。
「是晴子認識的人嗎？」
父親歪著頭進屋。我也一起進去。
「啊，時間剛好。」
廚房傳來晴子阿姨迎接的聲音。
「就快煮好了。」
雜炒麵線的麻油香撲鼻而來。
「好像有認識的人來過，小龍說是個老婆婆。」
「咦，是誰呢？只說老婆婆實在不曉得……」
「眼睛好像不太好。」
我這麼補充，但這似乎也無助於縮小範圍。
「我認識的老婆婆裡面有幾個眼睛都不太好呢。」
「唔，有事對方會再來吧。應該是這附近的人。」
「是啊。」晴子阿姨先端來兩盤雜炒麵線。她把盤子放到我和父親前面，因此我把我端來的剩下的一盤，擺到晴子阿姨前面。

「你還有一隻手空著，怎麼不順便拿筷子過來？」

父親說著，自己站了起來，從廚房抓了三雙免洗筷回來，結果晴子阿姨笑著說：「你還有一隻手空著，怎麼不順便端茶過來？」又起身去廚房。

晴子阿姨用空的一手靈巧地拎了兩只杯子，因此我去拿剩下的一個杯子回來。

「廚房沒有托盤嗎？」

結果只貢獻了三雙筷子的父親有點尷尬地說。

「沒有，明明該有的都有。我會跟老闆說一聲，有托盤住客應該也比較方便。」

加了鮪魚罐頭、洋蔥和紅蘿蔔的雜炒麵線，就算在別人家的廚房做，一樣穩穩的是晴子阿姨的味道。

這樣就已經夠好吃了，父親卻邊吃邊說：

「雜炒麵線的話，我想配那個耶，島蕎頭。」

當時晴子阿姨剛開發出炒島蕎頭加培根搭配麵料理這項必殺技。不管是配雜炒麵線、義大利麵、炒麵，什麼都好吃。

「島蕎頭喔？你幫我去石垣島買，我就做給你。」

晴子阿姨調皮地帶過。竹富島沒有超市，島上的人都要坐船去石垣島採買。

「鮪魚罐頭炒麵線也很好吃啊，不要挑剔。」我說。

我說的話和父親說的話，大人小孩身分顛倒了。這種逆轉現象經常發生在我和父親身上，過世的母親也常笑我們：「爸爸應該要稍微效法一下小龍。」

晴子阿姨和母親的共通點，是擁有包容孩子氣的父親的肚量。換句話說，沒有肚量，就不可能當父親的太太。

晴子阿姨會開玩笑帶過，但以前當老師的母親，應該會笑著訓話：「不可以這麼任性。」一想到這裡，我覺得好像理解了為何我遲遲無法開口叫晴子阿姨「媽」。

因為母親和晴子阿姨很像。說出口的話不一樣，但根本之處非常相似。

像是溫暖、慈祥、肚量、肚量和肚量——肚量大概占了一半以上吧。

這若是截然不同的類型，先不論我是否會敞開心房，但或許心態可以轉換得很快。但就是因為實在太像了，我會把在世的母親和晴子阿姨重疊在一起。從某個意義來說，父親喜歡的類型堅定不移。

然後，因為相似，每次我想要喊晴子阿姨「媽」，就禁不住感到困惑和遲疑。

吃飯的時候，一輛小卡車載來了自行車。是三台紅色的淑女車。

店員似乎認識晴子阿姨，晴子阿姨出去應門，在簽收單簽名。

吃完飯後，我們立刻出發找貓。

「是不是該帶一點貓吃的東西？」

出門前我靈機一動說，父親也支持說：「真是個好主意！」他一定是沒自信能贏得貓咪的喜愛。

民宿準備的日用品裡面，當然不含貓飼料，因此我們從食材當中尋找感覺貓咪會喜歡吃的東西。

有竹輪和加工起司，晴子阿姨把它們切碎，裝進塑膠袋裡。

然後我們騎著自行車出發。

「輪子很容易在沙地上打滑，要小心。」

父親神氣兮兮地指導說，但肩上揹著相機袋、脖子上掛著單眼相機的他自己看起來更抓不到平衡，搖搖晃晃的很危險。

鋪在路面的沙子相當厚，沒辦法像騎在柏油路那樣順暢前進。輪胎左右拐來拐去，沙沙沙地製造出胎痕，緩慢地前進。

我們的目的地是據說有許多貓的海灘，從民宿騎自行車約五分鐘左右。

離開村落，白沙路面就結束了，進入環島的鋪面道路。這條柏油路也歷史悠久，坑坑疤疤，到處都有雜草突破路面。

穿過這條柏油路，就是目的地的沙灘。走下泥土被踩實的巷弄，前方可見蔚藍的水波粼粼。

巷弄盡頭連著廣場入口，我們把自行車停在那裡。廣場建有一棟巨大的涼亭，右方就是藍色的海邊，以那棟涼亭為中心，隨意散布著許多柔軟的小動物身影。數量不下二十隻，從大貓到小貓，應該有三十隻左右吧。

「有了有了！」

父親歡欣地朝涼亭衝刺。在涼亭乘涼的貓咪們被亂入的興奮大叔嚇得跳開來。父親所到之處，便出現貓的真空地帶。只要父親跨出一步，真空地帶就隨之移動。

「啊啊，被討厭了。」

對於接著悠哉前進的我和晴子阿姨，貓咪們則是不為所動。

經過的時候，晴子阿姨隨手摸了一下在長椅上彎起前腳坐得四四方方的賓士貓。貓咪任由晴子阿姨撫摸，搖了一下尾巴。

「啊！我也想要那樣！隨手摸一下！」

父親噘嘴，晴子阿姨大笑，「想摸就摸啊。」

父親朝同一隻貓伸手想摸，結果賓士貓臉一板，頭一甩，跳下長椅離開了。

「妳看！不曉得為什麼就是會這樣。」

與其說是不曉得為什麼，應該是「讓我摸」的氣勢太強了吧。

「可是，我今天有秘密武器。」

父親從相機袋裡取出裝零食的塑膠袋。

明明是我提議、晴子阿姨準備的，使用的人卻是父親。而且他對於揩我們的油，一點都不心虛——倒不如說，他毫無揩油的自覺。

算了，小孩子都是這樣的。

「咦，要在這裡餵嗎？」

晴子阿姨眨眼問，父親笑說：「不在這裡餵，要在哪裡餵？」

「來喔～吃飯囉～有好吃的飯喔～」

父親沙沙打開塑膠袋，在場的貓咪們耳朵頓時抖動了一下，視線從四面八方聚集到父親的手上來。

遠處的貓咪噠噠噠地縮短了幾步距離。不分遠近，以父親為中心，安靜而迅速地完成了包圍網。

我忍不住後退，靠到晴子阿姨旁邊。那一觸即發的緊張氣氛讓我戰慄。貓咪們的包圍網，絲毫不是要可愛地討東西吃的樣子。

我看過這種景象。是在野生動物的紀錄片裡面——群體狩獵的動物，確實就是像這樣——

「哈哈哈！貓說穿了就是貓！會被吃的釣上鉤，真是傻啊！」

父親天真無邪地耀武揚威，從塑膠袋裡取出零食，瞬間——貓群展開霹靂行動。

他們從四面八方圍攻父親。

沒有任何可愛討食的叫聲，「把東西交出來！」的驚人魄力灌注在父親身上。

「噢噢?!」

父親嚇得弄掉了手上的竹輪，竹輪滾到涼亭地上——下一秒，周圍幾隻貓撲向竹輪塊，竹輪消失在衝得最快的一隻口中。

出現了和貓的真空地帶完全相反的景象。貓的包圍網團團圍繞父親，只要他跨出一步，一隻又一隻的貓便堵住他的去路。

父親驚恐不已，遲遲不丟出新的食物，貓咪都等得不耐煩了，一隻特別勇敢的貓直立起身體，拍打父親的手。也有別的貓咪攻擊父親拎在手上的塑膠袋。他們相當聰明——有點惡魔式的聰明。

「晴子！他們打我！」

「是野貓嘛。」

「走開！」

父親把一些食物拋得遠遠的，包圍網朝拋出去的方向潰散。追趕食物的貓咪極為迅捷地彼此牽制、爭奪食物。

但是追逐丟出去的食物的那些貓咪缺乏長遠的目光。看透父親手上還有食物的其餘貓咪們，將包圍網縮得更小了。

父親完全淪為獵物了。

「啊！」

一隻貓完全不把父親看在眼裡，電光石火般從父親手中搶下塑膠袋。

食物散落一地，貓咪們一口氣狂奔而來。

肉食獸的吼叫聲糾纏在一起。同類之間彼此牽制，爭奪食物。也有些傢伙稍微扭打起來了。

有隻似乎是霸王級的巨大橘貓威嚇著周圍其他的貓，自己獨占了許多食物。

「喂，你吃很多了！也分給其他小貓！」

父親想要驅趕霸王橘貓，被他前腳一劃，擊中伸出去的右手，留下了一清二楚的抓痕。

貓咪們的狂奔，在秋風掃落葉般吃完食物後終結了。貓咪們再次散布到各自喜愛的地點，悠哉地安頓下來。

被白吃了一頓，甚至來不及拿出相機的父親，遠遠地咒罵貓群：「混帳貓！」

「之前不是還說人家傻？」

晴子阿姨調侃道，父親鼓起了腮幫子：

「他們根本是猛獸！」

「這些貓是在拚命求生啊。島上的人會餵食，但也不可能吃得夠。比較強的貓還是吃得比較多吧。」

「那，那隻霸王貓每天都吃很飽吧？分一些給小貓也好吧？」

「你那種道理對野生動物說不通啦。」

就連小孩子的我都懂，所以忍不住吐槽說。

「倒是，如果妳知道那些貓那麼兇狠，幹嘛不早點警告我嘛。」

父親把矛頭轉向晴子阿姨。

「因為我沒想到你要在這裡餵啊，還以為你要找更小的貓群或落單貓咪時再給。」

確實，先前晴子阿姨有問：「你要在這裡餵？」應該是預見到這副慘狀了吧。

「誰要你不聽，馬上就拿出來了。」

「哼，算了。」

啊，鬧彆扭了。

「不給食物，我一樣可以拍。我可是專業人士，還帶了望遠鏡頭呢。」

父親說著，開始更換相機鏡頭，但他不是在被貓咪占據的涼亭，而是在外面的長椅更換，也許是遭到狩獵，讓他餘悸猶存吧。

開始拍照後，父親和貓都變成了專業人士。至於是什麼專業，父親是拍照專業，而貓是自由專業。

父親封印想要摸貓的氣勢，開始專心拍照後，貓咪就不再關注父親，自由自在地做起自己來。

現在這時代用的是數位相機，可以盡情拍一大堆，事後再慢慢挑選，但當時的主流仍是傳統相機，拍到的成果，要等到洗出來才能驗證。而且沖洗照片每一張都要錢，很難按住快門連拍，精準捕捉關鍵畫面，就是攝影師的本領所在。

父親對著悠閒的貓群，偶爾按下快門。父親抓到了他認為的精華時刻，但一會兒後，他喃喃道：

「想要更多動態畫面呢……」

貓咪如果不管他們，就會一直悠哉地睡下去，很難遇到有趣的動態畫面。

幾隻小貓互相嬉戲，跑向海邊，父親用望遠鏡頭追蹤了一陣，此後涼亭裡的氣氛一直都很悠閒。

「小龍，你去逗一下貓，扮演和貓嬉戲的島上兒童。」

「我才不要！那是要放在雜誌上的吧？」

如果是愛出鋒頭的小孩，一定會歡天喜地地照辦，但我並不是那種人，上雜誌這種事，我可敬謝不敏。

「挑照片的是編輯，又不一定會上雜誌。」

「可是還是有可能吧？那我才不要。而且這是造假吧？我又不是島民。」

「那，扮演旅客的小孩如何？」

「我、不、要！」

我和父親展開攻防戰，這時海邊傳來吵雜的振翅聲。

我們回頭望去，晴子阿姨尖叫：

「……不得了了！」

是剛才跑向海邊的一群小貓，幾隻烏鴉正圍著他們。

烏鴉用尖喙啄刺跑得特別慢的一隻，顯然是在狩獵他。

「走開！」

父親迅速放下相機，衝向海邊。他這種時候的爆發力出類拔萃。

雖然慢了一拍，但晴子阿姨也追了上去。

兩個大人丟下昂貴的攝影器材跑掉了，我在情勢使然下留在了原地。父親的相機價格不菲，就算這裡是悠閒的小島，還是得有人看著。

「哇！」

是父親遭到烏鴉攻擊的慘叫聲。

「阿勝，振作點！」

晴子阿姨揮舞雙手，支援驅趕烏鴉。烏鴉可能是狩獵遭到阻擾，生起氣來，或是想要排除礙事者，繼續狩獵，居然大膽地轉為攻擊兩個人類。

「他們兩個還是老樣子呢。」

後方傳來聲音，回頭望去，是那個老婆婆。在明亮的海邊，白濁的右眼更加醒目了。

「他們之前來的時候，也是卯起來營救不必救的貓。」

「老樣子？」

「不必救……」

看到可憐的小貓被烏鴉亂啄，伸出援手，才是人之常情吧？

「弱小的動物會被狩獵。大自然就是這樣的。」

老婆婆的話聽似無情，卻不知為何聽起來並不殘酷。

「弱小的不死，就會陷入死胡同。」

我不敢問什麼死胡同，總覺得會聽到毫無希望的回答。

「他們之前來的時候，也救了小貓嗎？」

「是大貓。大貓已經活夠了，死了也無所謂。」

「可惡！」海邊傳來父親的怒吼。轉頭一看，他正朝著撲向他的烏鴉扔沙子。

「小龍，石頭！拿石頭來！」

「咦咦?!」

我反射性地四下張望，但涼亭周圍是沙地，沒什麼可以拿來扔的合適石頭。

「那邊應該有。」

老婆婆指的方向，是一片自然的茂密矮叢林。

我遲疑著不願離開現場。

我還想聽老婆婆多說一些。說出無情話語的老婆婆，會怎麼描述父親和晴子阿姨？

我不知道的、剛認識時的父親和晴子阿姨。

救助已經活夠了、死了也無所謂的大貓的父親和晴子阿姨。

「去吧。」

老婆婆說。

「想聽後續的話，今晚你可以在庭院看星星。我晚上也會去那附近散步。」

結果我跑去撿石頭時，烏鴉們似乎因為遭到鍥而不捨的阻撓，放棄了獵殺小貓。

「就算救了他，也連聲謝謝都沒有呢。」

烏鴉一飛走，小貓便連滾帶爬地逃回涼亭了。

「沒辦法啊，他們是大自然的貓嘛。」

晴子阿姨笑著說，我忍不住問：

「既然是大自然的生態，不要救不是比較好嗎？」

因為老婆婆的話還在耳邊縈迴不去。

弱小的動物會被狩獵，大自然就是這樣的——弱小的不死，就會陷入死胡同。

「是啊。」

晴子阿姨微笑道。

「可是被我們遇上這種場面，也是自然的發展。」

「沒錯！」

父親突然插進來說。

「那隻小貓是運氣好。運氣好就能得救，運氣不好就會死。這樣就好了。再說，眼睜睜看著小貓被烏鴉咬死，豈不是教人良心不安嗎？難得美好的家庭旅行耶。」

「是來工作的攝影旅行吧？」

「附加自費的家庭旅行，屬於自由裁量的範圍！」

運氣好的小貓已經跑進貓群裡，看不出是哪一隻了。

或許也有烏鴉運氣好，而小貓運氣不好的日子。但今天小貓剛好運氣好——這個理論簡潔明快，教人信服。

父親和晴子阿姨活在相同的理論中呢。

我這麼心想。

父親拖拖拉拉地在海邊賴到傍晚。

偶爾會有觀光客過來，和父親一樣餵食。貓群之間不時爆發某些衝突。

父親拍攝著這些場面。

「那一隻特別笨呢。」

父親指著一隻帶有清晰眼線的漂亮虎斑貓說。雖然不到小貓那麼小，但也沒有大貓那麼大。「大概六個月大吧。」晴子阿姨估計。

那隻虎斑貓，我和晴子阿姨也注意到了。

在貓群之中，他的地位可能也很低，就算觀光客餵食，也都在參加爭奪戰之前就被吼到一邊去了。

就算偶爾有食物掉到附近，也因為動作慢吞吞的，一下子又被搶走了。

「要是還有剩的食物就好了。」

有個觀光客很巧妙地餵食喜歡的貓咪，父親也觀察到了。那名觀光客會拋出一些食物，趁別的貓衝去別處的時候，悄悄靠近喜歡的貓，若無其事地彎身，把藏在手中的食物放到想餵的貓的鼻頭前。

用這個方法的話，感覺可以只餵到笨手笨腳的虎斑貓。

太陽漸漸轉為橘紅色了。父親調整曝光，拍攝向晚的大海和貓咪。

這時我目睹了驚人的一幕。

「爸。」

我悄聲呼喚。父親也發現了。

有隻貓後退著進入矮樹叢，口中叼著海邊的小鳥。小鳥脖子斷了，軟軟地垂著。

匆匆忙忙地躲進矮樹叢裡，免得被同伴發現搶走獵物的那隻貓，就是那隻笨手笨腳的虎斑貓。

父親拚命地按下快門。

虎斑貓順利地把自己的獵物叼進樹叢裡了。

運氣不好的小鳥。至於虎斑貓——那不是運氣，是實力。被獵人相中，是小鳥運氣不好。

「這就是野生的世界呢。」父親喃喃說。

運氣好壞。實力。這些複雜因素影響，決定誰能活下來。這是靠近人類村落的小小野生王國。

「回去吧。」

父親放下相機。

繼續守在這裡也沒有意義——已經拍到這天最棒的照片了。

回程路上也看到一些貓，但父親沒有再取出相機。

晚飯晴子阿姨用冰箱裡的材料做了雜炒豆腐和炒青木瓜。

「小龍，你要先洗澡嗎？」

晴子阿姨一邊收拾碗盤一邊問。

「晚點再洗。我可以去庭院休息一下嗎？」

「晚上會有點冷喔。」

「我想說躺在沙灘椅上看星星，一定很漂亮。」
「不錯喔。」晴子阿姨說，允許我裹著毛巾被在外頭乘涼。
「不錯耶，爸爸也來看星星好了。」
庭院有兩張沙灘椅，但我催促道：
「爸先去洗澡啦。要是兩個人都很晚才洗，晴子阿姨就得更晚才能洗了。」
晴子阿姨總是最後一個洗澡，因為她要放掉洗澡水，簡單清掃一下浴室。
「咦！可是如果洗完澡再來，可能會著涼啊。爸爸也想看星星。」
幼稚鬼。
「頭髮吹乾，裹上毛巾被就不會了啦。」
「等你洗完澡，再給你一罐啤酒啦。」
晴子也幫腔說，總算成功把父親趕回屋子裡。
如果父親也在，老婆婆來的時候，我就不好打聽父親跟晴子阿姨的事了。
雖然不知道老婆婆什麼時候會散步經過，但老人家睡覺時間都很早，所以應該不至於太晚。吃完晚飯，休息一下，現在時間快八點。我覺得老婆婆要散步的話，應該差不多是這個時間。
如果見不到老婆婆，就表示我運氣不好。
躺在沙灘椅上，星星看起來近得要命，彷彿隨時都會撒下來。

我想到如果把玄關燈關掉應該會看得更清楚，便走進屋子裡關燈——我猜得沒錯。星星近到彷彿伸手就可以一把抓住。躺在沙灘椅上，感覺就像個國王。

我忽然想起七夕的歌。金銀沙子。真的就像撒上了金沙銀沙。

「哦，你在啊。」

老婆婆忽然從大門探頭進來。

「妳說晚上散步，所以我猜應該差不多是這個時間。」

「猜得很準。」老婆婆稱讚說。

「請坐。」

我請老婆婆在空的沙灘椅坐下，老婆婆走進來，在椅子坐了下來。

「你想聽他們的事對吧？」

於是，老婆婆開始說起父親和晴子阿姨第一次來到這座島嶼的事。

🐾

老婆婆說，父親來到這座島時，整個人失魂落魄。

晴子阿姨從第一次見面的時候，就很擔心父親的狀況。

第一次踏上沖繩，卻不巧遇上了雨天，而且風雨相當大，晴子阿姨反過來提議拍攝風雨中的沖繩如何？帶他前往看浪的觀光勝地——這些事我也知道。

享受暴風雨籠罩的沖繩之旅的父親，對晴子阿姨留下了很好的印象。我以前是聽他們這麼說的，所以我猜想一定是一場快樂的攝影旅行，沒想到老婆婆卻搖搖頭說：

「不不不，你父親看起來真的很讓人擔心。就像靈魂掉了一樣。」

靈魂掉了——這是沖繩獨特的感性。沖繩人相信，如果人遭到驚嚇，或是承受莫大的壓力，那股衝擊就會把靈魂從身體震掉。

掉落的靈魂，必須撿起來放回身體裡面才行。如果任由靈魂掉落，就會抑鬱沮喪，身體不適，嚴重的時候還會生病。

我知道為什麼那個時候父親的靈魂會掉了——母親過世，父親不知道該如何是好了。他就像要逃避母親過世的事實，雲遊全日本似地，在各地四處攝影。

第一次遇到晴子阿姨時，他的靈魂應該還沒有回到身體裡面吧。

「你媽媽盡心盡力照顧他。」

我還是覺得叫晴子阿姨「媽媽」很奇怪，但沒有告訴老婆婆這件事。法律上晴子阿姨已經是我的母親了，而且我覺得向第三者傾訴父母再婚不久的小孩子複雜的感受，這才是幼稚的行為。

會讓我無法再嘲笑父親幼稚。

天氣雖然一度轉晴，但也許下一個風暴又要來了，島嶼的大海再次波濤洶湧起來。父親放棄拍攝因暴風雨而變得混濁的大海，主要拍攝紅瓦的房屋。

那天父親下榻的也是這個家。晴子阿姨似乎有些後悔沒有訂附餐飲的旅館。

「我會再來接你去逛晚上的島，在那之前請先吃過晚飯喔。食材都可以用，如果懶得自己煮，也有杯麵可以吃。」

晴子阿姨再三叮囑後離開，但似乎還是放心不下。「她離開之前，也跑來拜託我照看一下你父親。」老婆婆笑道。居然還拜託附近的人才離開，肯定相當擔心吧。

結果晴子阿姨比約好的時間更早來了。她用保鮮盒裝了可以簡單食用的菜色。

「坂本先生？」

玄關沒鎖，但父親不在。電燈也都開著。

晴子阿姨邊叫人邊進屋，發現客廳矮桌上留了一張紙條。

我去看海。

島上的旅遊導覽書攤開在桌上。是西碼頭那一頁。

晴子阿姨把菜放進冰箱等待，但父親遲遲沒有回來。都到了和晴子阿姨約好的時間，仍然不見人影。

晴子阿姨決定去西碼頭接他。「因為都知道了這件事，所以我也跟著一起去了。」老婆婆意外地很熱心助人。

沒有路燈的西碼頭一片漆黑，根本沒辦法看什麼海。海面一片漆黑，海上什麼都看不見。洶湧的波濤拍打在突堤上碎裂，只有水花微微反射出些許月光，顯得亮白。

父親坐在突堤旁邊發呆。

晴子阿姨鬆了口氣，走近父親：

「坂本先生。」

她出聲呼喚，父親抬起頭來。晴子阿姨愣在原地。

父親的臉上涕泗縱橫。

「不是，呃……」

父親慌忙抹了抹臉。

「不小心想起我過世的太太……」

讓妳見笑了——他吸起鼻涕說。

「明明也差不多該振作起來了。」

晴子阿姨只能默默站在父親旁邊。

「我兒子比我懂事多了，我這傢伙實在是……」

「你一定很難過。」

晴子阿姨情不自禁地喃喃道。

結果，彷彿咆哮一般——

父親當場嚎啕大哭起來。

晴子阿姨跪在父親旁邊，安慰地撫摸他的背。就彷彿為傷者療傷一般，以自然的動作撫摸著。

看到有人受傷，放下一切幫忙救治，是人之常情。

父親咆哮般的嚎哭聲遲遲沒有止息。

晴子阿姨一直陪在旁邊，直到那哭聲稍微減弱了些。

不久後……

「我先回去民宿。你慢慢來沒關係。」

晴子阿姨留下這話回去了。

父親沒有抬頭，也沒有應話，而是盡情沉浸在如浪濤般湧上來的嗚咽中。

父親遲遲沒有回來。

晴子阿姨等了快一個小時，又跑去碼頭接他。

她實在擔心哭得肝腸寸斷的父親。

到碼頭一看，只見父親站在海邊。

那個背影猶豫了一下，接著——從水邊衝向了海面。

晴子阿姨發出不成聲的尖叫，她跑上去追趕父親的背影。

父親目不斜視地衝進海裡。

「坂本先生！」
父親頭也不回。
晴子阿姨不顧一切衝進海裡，追上了父親。平淺的海邊，水深還只到胸口而已。
「回來！不可以！」
在狂暴的浪濤沖激下，晴子阿姨抓住了父親的衣襟。大風吹散了晴子阿姨的叫聲：
「如果你跟著你太太去了，你兒子要怎麼辦！」
「不是，先放開我……」
「我不放！」
「貓！」
父親叫回去，晴子阿姨把聲音吞了回去。
「貓！快死了！」
望向父親指的方向，打在突堤上破碎的浪花中，有一團水花正不規則地迸散著。
有貓溺水了。
——父親和晴子阿姨合力把溺水的貓撈了起來。
在大浪沖激下回到海邊。
「看起來不妙。」
父親的懷裡，雖然是貓，卻變成落湯雞的貓一動不動。

「是不是喝到水了？」父親說。

「貓要怎麼人工呼吸？」晴子阿姨問。

這時，父親一把拎起貓的後腳上下搖晃。

「你太粗魯了！」

「小孩子被糖果堵住喉嚨的時候，就要把腳提起來搖晃，順利的話就會吐出來。」

結果父親的緊急處置是對的。貓「噗嘎」一聲吐了一口水，接著便自己大吐特吐。吐完之後，全身虛軟地癱在地上。

「先把他帶回民宿吧？」

「是啊，天這麼冷。」

父親和晴子阿姨也變成了落湯雞。

兩人回到民宿，用溫水沖洗了貓咪，用毛巾和吹風機合力把他弄乾。

接著用紙箱做了個窩讓貓休息，兩人輪流沖澡。找了一下，壁櫥裡面有睡衣，晴子阿姨先將就拿來穿。

兩人安頓下來時，貓看起來也完全穩定了，不再是落湯貓，變成單純的睡貓了。

「那個……」

晴子阿姨尷尬地開口。

「對不起，我貿然誤會了……」

「不會，哪裡。」

父親也很不好意思。

「也難怪妳會誤會。一個大男人狂哭之後，接著又跑進海裡嘛。」

父親看著睡著的貓。

「這隻貓的眼睛好像不太好。」

「好像是呢。不過他好像住在這附近。」

「他是跟著妳一起來的，後來不是留下來了嗎？他在我旁邊轉了一陣子，因為我不哭了，他就到處閒晃，走到突堤上，結果腳一滑，摔進海裡了。」

「都是因為我讓他跟來，真是害了他。」

「不，是我的錯。我總覺得他是在陪伴我。」

哪裡哪裡，是我不好。不不不，是我的錯。

兩人為了睡貓，吵著自己應該負責。

沒多久，兩人對望，笑了出來。

「夜間島嶼的行程怎麼辦？」

「下次好了。」父親說。「請妳再替我導遊。下次帶我兒子一起來。」

「一定喔。我等你們。」

然後晴子阿姨回去了。臨走前還不忘擔心父親的晚飯，「菜我放在冰箱裡了。」

「那隻貓真是笨死了，會一腳踩空掉進海裡的貓，那應該就是他的死期了。」

老婆婆對貓很嚴厲。

「他是運氣好啦。」

我引用父親和晴子阿姨的理論說道。

「剛好被我爸和晴子阿姨遇到，也是自然的發展。」

鄰近人類村落的野生王國，就算有一點人類介入的例外狀況，又未嘗不可？

「運氣啊……」

唔，就當成這樣好了。

老婆婆喃喃道，呵呵笑了。

「你父親好像也因為那場風波，靈魂又回來了。」

「對啊，這就叫善有善報嘛。」

父親的情況，是救了貓的善舉回報到自己身上。

老婆婆「嘿咻」一聲，站了起來。

「要我去叫我爸跟晴子阿姨嗎？」

「不用、不用。我差不多得回家了，要不然家裡人會擔心。」

老婆婆踩著閒適的步伐邁向大門。
她在大門處再次回頭看我：
「再過一陣子，你會改口喊『媽媽』嗎？」
「咦？」
「那個人應該在等你喔。」
這我知道——父親希望我叫晴子阿姨「媽媽」。
「不過那個人耐性十足，應該是不會催你吧。」
咦？我再次出聲。
耐性十足——這不可能是用來形容父親的詞彙。
「妳說在等我的人，是指晴子阿姨嗎？」
老婆婆沒有回答我的問題，一步步踱出門口了。
我呆站在原地，晴子阿姨從玄關走出來：
「小龍，換你洗囉。」
接著父親出來，「換我坐了。」他吹乾了頭髮，手上拿著一罐啤酒。
「噢！這真是帝王的躺椅呢。」
父親開心地說出和我一樣的感想。
隔天我們也繞了島嶼一周，尋找貓咪。

據說可以撿到星砂的海灘，也有貓群以那裡為據點，父親從各個角度拍了照片。

我們比賽誰能撿到最多星砂，結果父親最為起勁，這也是老樣子了。

這天晚上，我們探訪夜晚的島嶼。

到涼亭的海邊一看，灑遍銀色月光的沙灘上，貓咪們各自歇息。

「這景象很難得呢。」

父親匆匆取出三腳架，放好相機，調慢快門速度拍照。

快門速度愈慢，相機就能捕捉到愈多的光線，能拍出漂亮的夜景。由於只有月光和星光，快門速度比拍攝街區夜景時更要慢上許多。父親設定成將近二十秒。

收起相機後，我們觀賞了在夜晚的海灘休息的貓群。

「總算實現夜晚的島嶼之行了。」

父親忽然喃喃說道。

夜晚的島嶼，下次再來看——下次帶我兒子一起來。

上次的貓島之行，是以這樣的約定結束。

「上次……」

你們從夜晚的海裡救了一隻貓呢——我說到一半打住了。

當時父親想到過世的母親大哭。這不是應該在和晴子阿姨的家庭旅行中說的事。

「什麼？」

父親催促，我稍微轉換話題：

「上次沒有看晚上的島嗎？」

要自然地接續下文，最多只能轉這麼多了。畢竟我還是個孩子。

父親和晴子阿姨對望，彼此輕笑了一下。

「上次啊……上次因為有暴風雨，海面波濤洶湧啊。」

父親沒有撒謊，但也沒有從實招來。

大人都會像這樣把話題圓過去呢，我想。也覺得原來父親也有像大人的地方。

「那時候我就想要帶你一起來。」

嗯，我知道──我把這話收在心裡。

「可以全家一起來，太好了。」

沒有說出全部。但也沒有撒謊。

因為拍到了許多貓的照片，隔天我們去石垣島觀光再回家。

我們預定搭乘九點多抵達石垣島的船班，算好時間離開民宿。

晴子阿姨把鑰匙藏進老派的交付地點，我們正在把行李搬上接駁車，這時一隻老貓沿著鋪白沙的道路踱了過來。

滄桑泛黃的白毛身體，配上黑色斑點。然後……

「啊！」
晴子阿姨興奮地叫道。
「阿勝！你看！」
父親看到貓咪，也開心地驚呼：「噢！」
「你過得好嗎？」
老貓乖乖地讓父親撫摸，還親熱地把頭蹭向父親的手。
「這隻貓是以前我們來的時候，在海裡溺水，阿勝把他救起來的。」
嗯，我知道——我沒有說出口，而是點點頭。
「我看過這隻貓幾次。」我這麼說。
老貓的右眼一片白濁。
「他現在還住在這附近嗎？」
「其實啊，阿勝，後來沒多久，這附近的人家就收養他了。」
「咦！太好了呢。之前你躺在榻榻米上，還一副快死掉的樣子呢。」
貓又用頭蹭父親的手，就像在說「託你的福」。他也磨蹭了一下晴子阿姨，接著也來磨我。
「妳好。」我喃喃說——謝謝妳告訴我那麼多事。
「我很快就會叫她媽媽了。」

我邊摸邊悄聲說，貓用全身蹭向我的小腿，就好像在稱讚我一樣。

回到家的隔天，父親立刻沖洗照片寄給編輯部。

下個月，編輯部寄來了貓特集的雜誌。

「啊，結果還是不行嗎？」

父親翻著雜誌，不甘心地仰望天花板。

我和晴子阿姨也看了雜誌，立刻察覺父親為何會有這種反應了。父親最有自信的一張照片沒有被選用，就是狩獵海邊小鳥的獵人貓照片。

雜誌上刊登的，是在夜晚的海邊嬉戲的貓，和靈活可愛的小貓照片。

雖然不管用了哪些照片酬勞都一樣，但自信作沒有被採用，似乎還是教人沮喪。

「打起精神來。我最喜歡那張照片了，我覺得那張照片最像沖繩的貓。」

「我也最喜歡那張照片喔。」

父親要是灰心喪氣就很麻煩，所以我們兩個合力吹捧他。

我和晴子阿姨的默契已經相當像一對母子了。

喊她「媽媽」的日子或許已經不遠了。

所以請放心吧——我在心中向右眼白濁的老貓捎去訊息。

fin.

# 壞湯姆

×月×日

夜半，枕邊響起粗重的呼呼鼻息聲，鬍鬚輕掃在臉上。睜眼一看，湯姆直起了身體，零距離盯著我看。

黑溜溜的眼睛催促著「快點起床」，領頭要我跟上去似地，一步一回頭地走向客廳的零食櫃。我餓了，給我點心！時間是凌晨三點。

壞湯姆，我可愛的壞湯姆。

×月×日

每天凌晨三點都被吵醒，睡眠不足，所以今天鐵了心絕不理他，上床入睡。不理會呼呼鼻息聲，結果湯姆跳到枕頭上，開始在枕頭上踏踏。我堅決裝睡，湯姆就假裝失手，五下裡面踏到我的臉一下。拗不過他，結果起床了。

壞湯姆，我可愛的壞湯姆。

×月×日

今天誓死不起床。懷著鋼鐵意志入睡，不理會呼呼鼻息聲，也不理會踏踏。湯姆撤退了。

今天終於可以一覺好眠了嗎？正這麼想，突然傳來「嗶嗶！嗶嗶！」的電子鳥叫聲，那是一甩動就會發出鳥叫聲的玩具。居然把它當成吵醒人類的鬧鐘，天才貓嗎？

壞湯姆，我可愛的壞湯姆。

×月×日

我絕不認輸。不理會呼呼鼻息聲，不理會踏踏，不理會嗶嗶聲。敵人暫時撤退。湯姆再次跳到枕邊來。踏踏已經無效了，他四腳跨在我的臉上，肚腹上的柔毛在似觸非觸的高度靜止，撩撥著我的鼻頭。這教人怎麼可能不起來？

壞湯姆，我可愛的壞湯姆。

×月×日

絕不認輸！不理會呼呼、踏踏、嗶嗶。肚毛攻擊用側躺迴避。湯姆撤退。片刻之後，客廳傳來瘋狂的鳥叫聲：「嗶嗶！嗶嗶！嗶嗶！（下略）」那聲音抓狂、賣弄地響個不停，憤怒驅使下的搖滾節奏趕走了睡魔。

壞湯姆，我可愛的壞湯姆。

×月×日

不理會呼呼、不理踏踏，嗶嗶當場沒收藏進被子裡。閃開肚毛。湯姆繞到枕頭另一邊，額頭抵在我的臉上，激烈旋轉。沒想到會在這種時候使出可愛到爆炸的模樣。要是不理會，或許湯姆以後就不肯再這麼做了。計算得失利弊之後，我不得不起床。

壞湯姆，我可愛的壞湯姆。

×月×日

睡眠不足，只好午睡。湯姆在紗窗邊做日光浴。

這時，他忽然豎起全身的毛，坐立難安起來。轉頭一看，窗外來了個可愛的客人。

「哎呀，好可愛～」我對客人說著，湯姆兇神惡煞地仰頭看我。他的眼睛比嘴巴更能傳情達意：「胡說八道些什麼……！」

壞湯姆，我可愛的壞湯姆。

櫻花花瓣翩翩吹上紗窗，外面的小可愛趁這時揚長而去了。

窗外借景的櫻花，今天開始凋謝了。

湯姆是一隻貓咪。

二〇二〇年，世界並未陷入核災烈火，卻也遇到了相當艱難的局面。

不過今年瑞香依舊吐豔，木蓮綻放，櫻花也照樣盛開。
明年的春花一樣也會繼續盛開吧。
然後，明年湯姆和我的夜半攻防戰也照常上演。

差不多一年過去了。
梅花開了，但櫻花還在蓄勢待發。
湯姆和我的夜半攻防戰一樣上演。

……主人正在敲打鍵盤輸入這些字的時候。
背後傳來呼嚕嚕嚕嚕、呼嚕嚕嚕嚕的神秘低頻音。
回頭一看，湯姆正在沙發上踏著毛絨靠墊，喉嚨呼嚕作響，眼睛直盯著這裡看。
怎麼啦怎麼啦？把臉湊上去關心，湯姆便一邊踏踏，一邊用自己的額頭磨蹭起我的額頭來。

壞湯姆，我可愛的壞湯姆。

就只是單純曬貓而已，看過就忘了吧。

# 薛丁格的貓

佃香里在娘家生完小孩回家一看，家裡出了大事。

生產期間，丈夫啟介一個人顧家。他是一名中堅漫畫家，用「Tsukuda Keisuke」的筆名在月刊少年雜誌畫漫畫。幾年前曾有一部作品爆紅，後來雖然是以單篇漫畫和短期連載為中心，但都維持著「微幅上漲」的趨勢持續創作。

啟介這個人，就像是把身為生物的一切技能都點在漫畫上面了（不過在嚴酷的漫畫界裡，即使把所有的能力都集中在漫畫上，也很難輕易創作出下一部暢銷作品）。香里離家前，交代丈夫在她回娘家期間，要稍微鍛鍊一下家事技能，但她完全不期待家中能夠維持正常狀態。

今天也是，啟介應該要到最近的轉運站上野來接她，然而香里即將從新幹線下車前一刻，啟介卻打電話拚命道歉說沒辦法去接了。香里記得現在應該不是截稿時期，但啟介是全副技能都點在漫畫上的男人，因此這種狀況是家常便飯了。八成是想要設法在一夜之間，把妻子不在的一個月間化成魔窟的家裡打掃乾淨，卻功敗垂成吧。就連漫畫工作的行程都會不斷延期了，要他處理好家務，幾乎是痴人說夢。

香里考量懷裡的嬰兒和自己的體力，下車後立刻在車站招了計程車回家。

嬰兒用品她自己挑選，已經買好寄回家了。她嚴命只有嬰兒床一定要先組裝好，否則就等著領死，所以只要嬰兒床完成了，就饒他一命好了。

香里和啟介的家，是認為錯過這時機就絕對再也買不起、在作品暢銷時把手上的錢都拿去當頭期款買下的中古透天厝。到家之後按鈴，丈夫卻不在。是去附近的超商了嗎？香里自己拿鑰匙開門。

不管看到多慘烈的狀況，我都不會吃驚！香里堅定的決心卻落空了。雖然有些積塵，走廊上也雜亂地堆著開封的空紙箱，但說起來算是井井有條的。

紙箱裡主要是香里買的嬰兒用品。奶粉、尿布、濕紙巾、貓砂盆……喂，等等。

香里再看了一眼，但還是一樣。貓砂盆的空箱子不動如山，就在那裡。

這時，背後的門「喀嚓」一聲打開了。

「啊……」

回頭四目相接的丈夫啟介，發出了顯然心虛萬分的聲音。

手上提著的東西——不是皮包，而是寵物外出籠。

裡面不停地傳出警笛般的咪咪叫聲。

「那什麼鬼……！」

香里大叫，這回換成懷裡的嬰兒哇哇大哭起來。

嬰兒的名字叫桒里。

是啟介取的名字。

兩人一開始就決定由啟介來命名。這個丈夫除了畫漫畫以外，本來就無法依靠。香里懷孕的時候，啟介也只是整個人呆掉，完全看不出是開心還是不開心。甚至還問出「是我的孩子嗎？」這種話，當場引爆戰火。香里秒速射出機關砲：「我要離婚！」啟介只能拚命大喊：「救護兵！」

不是不是，我不是那個意思！啟介就像跳針唱片般不停地告饒，氣累的香里問：「不是這個意思，那是什麼意思？」結果啟介居然說：「我無法相信。」很好！還是離婚吧！香里幾乎就要放聲大笑，但啟介比手劃腳地辯解：「妳誤會了！」還有什麼好誤會的？

啟介應該是說了類似「我無法相信自己要當爸爸了」的話。香里因為腦門充血，所以不記得正確內容了。

我這麼沒用的人居然要當爸爸了，我無法相信。啟介絮絮叨叨地說著這樣的話，很像是除了畫漫畫以外，連社會生活都有問題的啟介會說的洩氣話。

只知道畫漫畫，差點搞到逃漏稅的我，居然要當爸爸了。

因為畫出了暢銷作，收入爆增，但工作太忙碌，沒空報稅，拖著拖著，搞到遲繳高額稅金，這是事實。

當時被拔擢為副責任編輯的香里，第一份工作就是尋找稅理士，解決遲繳問題。納稅是國民的義務，Do you understand?

雜誌招牌作品的作者居然逃漏稅，會害出版社名譽掃地。就算交不出稿子，還有墊檔作品可以用，但醜聞可沒有人會幫忙頂替。社長私下命令：無論如何，都要盡快補稅！

後來香里一次都沒有去收過漫畫原稿。香里身為副責編的工作，主要是聯絡稅理士，很快地，從工作室挖掘水電費繳費單和必要經費的收據並整理，也成了香里的業務，還順帶追加了記帳工作。

這時，稅理士建議可以改採「青色申報[4]」方式報稅，香里向啟介報告這件事，啟介說「妳看著辦就好」，把事情全丟給她，連設立的公司名稱都是香里想出來，辦理開業登記的。當連載進入大團圓的階段，香里的職務也有了異動。她被調到會計部了。從她擔任Tsukuda Keisuke的副責編時所累積的實績來看，這也是順理成章的安排。

香里正要交接會計工作時，啟介臉色蒼白地跑來哭求。他總會在各種局面哀訴。啟介說，現在再把公司的事丟給他，他也完全不懂。

這是什麼話？那是你的事吧？是你先丟給我的。

4. 譯註：日本一種報稅方式，因使用青色申報單而得名。

香里現在也不是責編了，實在很想揍他一頓，結果啟介說「沒有妳我不知道該怎麼辦」。接著順著這話，求婚說：「請跟我結婚吧！」佃啟介這個人實在算是某種社會不適應者。

然而，卻也沒有令香里在乎的比昨天更美好這類甜蜜的發展。

不過。

香里相當喜歡Tsukuda Keisuke的漫畫，從他走紅以前就一直在讀他的作品。

從她擔任副責編那幾年的狀況來看，Tsukuda Keisuke算是個社會不適應者，如果香里就這樣離開，他遲早會因為金錢問題而毀掉自己。至於是因為遲繳稅金還是逃漏稅，或是被朋友或女人騙走財產，她就不知道了。

如果因為這樣而讀不到Tsukuda Keisuke的漫畫，實在可惜——香里心中掠過一抹這樣的心思。

就是這一抹心思，讓她不小心說出「如果你不嫌棄的話」這種話來。

我有辦法當個好父親嗎？

啟介還在哭。什麼有辦法當父親嗎，你只能給我當！

結果香里的話凝縮成三個字：

給我當！

可能是看到香里展現出「我不接受『是』以外的回答」的氣魄，啟介點點頭說

「是」。

但是孕期在啟介一點都不可靠的狀況下空虛地過去了。說穿了，只是播出來的種結果，是無法改變一個人的。

女兒出生，啟介來產院看母女時，比起感動，他的反應也更像驚恐。如果說是對新生命的畏懼，或許勉強解釋得過去吧。

香里覺得啟介起碼要有點貢獻，因此要求他為女兒命名。女兒的名字「栞里」，「里」是母女都有的字，讓她佩服很有為人父的用心。為女兒取的這個名字，香里的父母和啟介的父母都大力稱讚。多多鼓勵啟介讓他成長，是兩家人的默契。

請對他耐心慢慢來。公婆如此拜託香里，香里也是這個打算，可是──栞里，妳爸爸比想像中的更難搞啊。

「……給我解釋。」

香里餵哭起來的栞里喝過奶後，放到搖椅上哄她睡覺，接著便進入審問時間。

「是……不過在說之前，我可以把他放出來嗎？」

是在說籠子裡的小貓。是一隻小橘貓，鼻子是粉紅色的，肉球應該也是──香里對貓很熟悉，光看就可以知道這些資訊。娘家一直都有養貓，現在也有一隻。

「關著。」

在究責的時候有小貓在旁邊晃來晃去，鞏固的決心會不小心鬆動。

「什麼時候？」

什麼時候？在哪裡？是誰？做了什麼？為什麼？怎麼會？這幾個疑問當中，目前只有「是誰」有答案。

什麼時候？在哪裡？啟介為什麼、怎麼會撿到貓？

「呃……大概，三個禮拜吧？」

什麼！居然已經養了這麼久！香里差點暴吼，但她只發了一聲「什」，啟介就已經整個人縮了起來，而且會吵醒棻里，因此香里還是發動理性，按捺下來。

「……在哪裡？」

「垃圾場。」

垃圾場在住家斜對面。短短幾十公尺的距離，到底埋藏著什麼樣的陷阱？

「因為妳說廚餘絕對不能留在家裡……」

三個星期前，因為香里說廚餘絕對不能留在家裡，啟介在垃圾場撿了貓。不不不，這說不通，大不通。

「我去丟垃圾，看到有貓丟在那裡……」

廚餘絕對不能留在家裡這一段是不是多餘？

「裝在三日蜜柑的紙箱裡……」

交代得莫名詳細。

「我們家都是第一個去丟垃圾的嘛。」

對於容易過著夜型生活的啟介來說，熬夜一整晚後，一大清早去丟垃圾，是最不容易忘記的。

「因為是第一個丟垃圾的，那個三日蜜柑的商標特別引起我的注意，我想說今天又不是資源回收日，怎麼會有人丟紙箱在這裡，讓它丟著沒關係嗎？」

居然記得垃圾分類的日子！啟介萌發的社會性，讓香里禁不住淚濕衣衫。

「我想說應該把紙箱拆開壓扁……」

雖然是大人應有的公德心，但這實在難說是好還是壞。萬一被別人誤會是自己搞錯垃圾分類的日子，亂丟紙箱就不好了，這時候應該裝出「哎呀，怎麼會有人亂丟」的詫異表情，視而不見，才是大人的智慧。在這一帶，一般狀況是遇到鄰居，確認「今天是丟可燃垃圾的日子對吧」，結果垃圾車過來，在垃圾貼上「無法回收」的警告單離去，事後本人發現自己丟的垃圾沒被收走，尷尬地自己帶回家。

總而言之，啟介發揮老實人精神，準備摺起紙箱時——

「我發現：咦？裡面有兩顆橘子，結果一個是橘色的小貓，另一個很像發霉的橘子，仔細一看，是黑黑的更小隻的貓……」

「……那叫玳瑁貓。」

啟介說小貓連眼睛都還沒張開，玳瑁那隻已經全身冰冷了。因為體型較小，所以更沒體力撐過來吧。

「所以我先把他們帶回家，帶去給獸醫看……」

獸醫願意幫忙處理玳瑁小貓的屍體。剩下的橘色小貓，獸醫指導如何餵奶和協助排泄。小貓的毛很乾淨，而且沒有跳蚤、蟎蟲，所以應該是從人類家庭丟出來的。可能是母貓生了小貓，飼養的家庭不知道該怎麼辦。

「獸醫說，這要是野貓生的，這孩子應該會全身都是跳蚤、蟎蟲，因為他的手足先死了。」

宿主死去，跳蚤和蟎蟲就會立刻移動到下一個宿主身上。而牠們的下一個住處，會是同一個紙箱裡有體溫的小橘貓。

「醫生說斷奶之後，就帶去做血檢跟糞便檢查。」

什麼斷奶，喂。

「你自己的女兒都還是嫩嬰耶……」

香里就連在娘家茶來伸手、飯來張口，照顧起嬰兒都還不太有把握。回到自家以後，除了每天的家事以外，還要照顧缺乏社會性的丈夫，現在更加上未斷奶的奶貓。完全超出負荷了。

籠子裡，小貓咪咪叫著，開始抓起蓋子縫。我想出來、我想出來。安靜！不要打亂我的心思！

「一打二，這難度太高了……」

「不是一打二，小賓已經開始斷奶了……」

什麼！怎麼已經取名字了？不可以取名字，會有感情的，這下棘手了。

你以為叫你幫栞里取名字是為了什麼？

「總之，得幫他找新家才行。」

最終手段就是投靠娘家了。以前娘家養兩隻貓，現在只有一隻，所以還有空額。問題是投不投緣，但最糟糕的情況，把居住空間分開來，應該總有辦法。

沒想到，啟介的手伸向了背後，就像在護住籠子般，那動作更勝千言萬語。

「要……要是把他丟掉，我就沒有資格了……」

「沒有什麼資格？」

「因為栞里都出生了……」

啟介以懇求的眼神看著香里。

「栞里出生了，卻對這樣的小貓見死不救，我會覺得自己沒有資格當父親……」

就算你不撿，也不一定就會死掉吧？但這話太過詭辯了，香里說不出口。三日蜜柑的箱子裡，另一隻玳瑁貓就死掉了。

一眨眼之間，就堅不可摧地編纂出「如果我見死不救，這隻小橘貓就會死掉」、「是我害死他的」的劇情，這樣的感受性，就是個啟介之所以是漫畫家

Tsukuda Keisuke的理由吧。就算自己不撿，或許別人也會撿走——這種事不關己、只想丟給別人的故事，沒辦法畫成漫畫。

不是「丟著紙箱等到垃圾車來吧」，鄉愿怕事地過著日常，而是想要先把紙箱拆開攤平再說，主動和丟在路邊的紙箱發生關係，這才是主角人物的感受性。當不了主角的人，是不可能找到和自己無關的三日蜜柑紙箱裡面的小貓的。

「真是薛丁格的小貓呢。」

在觀測之前，紙箱裡的貓是生是死，仍在未定之天。如果那天去丟垃圾的是香里，她會根據街坊相處的法則，根本不會觀測到紙箱裡面的貓，因此這隻貓不會存在於佃家的世界線上。

但因為Tsukuda Keisuke觀測到這隻貓，甚至為他取了名字，因此三日蜜柑紙箱裡的小貓，在佃家的世界線上成了確定的事實。

也把這種感受性發揮在你女兒身上好嗎？要不然就去領死吧！

「你把貓帶去哪了？」

「獸醫……剛才打電話叫我去接……」

啟介一說完，淚水立刻滾下臉頰。感情震盪不穩，也是啟介的常態了。

「昨天早上小賓突然吐了一堆……」

吃了又吐，喝了也吐，沒事也吐毛，貓本來就很會吐，但小貓嘔吐讓人心臟特別吃不消。

「仔細一看，他啃了橡皮擦，吐出來的東西裡面有橡皮擦屑……」

這是緊急送醫狀況。

「醫生幫他拍了X光，照了超音波，可是沒找到異物。醫生說吐出來的碎屑跟原本的橡皮擦加在一起，看起來應該是全部吐出來了，就算肚子裡面還有，應該也會隨著糞便一起排出，但為了慎重起見，還是讓他住院一個晚上觀察。然後剛才打電話來說小賓好起來了，叫我去接……」

肩膀起伏，嗚咽了一下。

「我……我好擔心他會死……」

啟介沒辦法全部說完，整個人哭倒在地。

把他哭哭啼啼擠出來的聲音拼湊在一起，大意是在說「都是因為我亂丟橡皮擦，才會發生這種事」。

記得啟介應該沒有養過動物。如果第一次親手撿到的小貓，因為自己的疏忽而死掉的話，這形同主角級的感受性被大柴刀給狠狠地一刀劈斷吧。

橘色條紋小貓頻頻從外出籠的縫隙伸手。幸好你是隻健壯的貓。

「抱歉，沒能去接妳們……」

「……唔，這也是沒辦法的事。」

要是苛責這種狀況，別說是魔鬼教官，根本就是單純的魔鬼了。
「他叫小賓？」
「史賓。」
史賓？SPIN？旋轉？香里轉動手指，詢問這名字哪來的？難道是從小貓追逐玩具轉來轉去的動作聯想的嗎？
「喏，那本書。」
啟介指著矮桌上的書。是香里的藏書。這麼說來，出發去娘家前她都還在讀這本書。倒是，都已經一個月了，幹嘛不收起來啦？
「他眼睛張開，第一次會玩的時候，就在玩那本書的書籤繩。」
書頁下方露出了幾公分長的藍色書籤繩。
「他一直勾勾勾，超可愛的……」
「那，把那隻可愛的小貓放出來我看看。」
啟介打開外出籠，小橘貓史賓便伸手輕拍他的手。很熟悉了。
伸手接過來一看，是幾十年沒摸過的絨毛觸感。彷彿用刮刀在黏土上輕劃一條線般的屁股肛門底下，沒看到軟膨膨的蛋蛋。
「是……妹妹嗎？」
「不愧是養過貓的人。」

「史賓這名字太像男生了吧？」

「可是，他是栞里的妹妹啊。」

如果在為貓取名字的時候有想到栞里，那麼以啟介來說，算是很了不起了。

「妳看，栞里，妳的妹妹喔！」

香里把捧在掌心的史賓靠到栞里枕邊。史賓聞了聞栞里的頭。史賓全身都是絨毛，栞里的頭髮也還是絨毛。

可能是聞到牛奶的香味，史賓開始發出呼嚕嚕的聲音，舔起栞里柔軟的頭髮來了。

栞里醒了過來，看向史賓。明明眼睛應該還看不到東西，看起來卻像在注視著史賓，相當神秘。應該也還不會笑，看起來卻也像是漾著笑意。

感覺兩人相當投緣。

家裡收拾得比想像中更整齊，似乎也是因為害史賓不小心吃下異物的關係。啟介說，獸醫徹底告誡他貓咪誤食有多可怕，所以他趁著史賓住院的時候，熬夜把家裡收拾好了。

「打掃之後我才發現，家裡有超多東西可能讓小賓不小心吞下去。想到他之前居然都沒事，我真是毛骨悚然。醫生說要是吃到繩子，就要開刀動手術了。」

香里忽然發現，原本堆在客廳邊櫃上的樂高積木和模型都收進壓克力展示盒裡了。香里不知道因為踩到掉落的玩具零件發飆過幾萬回，所以買來壓克力盒，警告啟介不收起來就丟掉，但是這幾年之間，展示盒一直收在箱子裡生灰塵。

老婆發飆一萬次，比不過一隻小貓的說服力。不不不，這也是沒辦法的事。畢竟不論男女，這世上沒有人贏得過貓咪。

「而且小賓會吃下去的東西，栞里也有可能不小心吃到。所以我想說要在小賓和栞里回來之前，把家裡都收拾好。」

哦？香里發現啟介和過去不一樣了。雖然主副顛倒了，但啟介可以做出「史賓危險↓栞里也危險」的聯想了。

「只剩下吸地板了。」

啟介說著站了起來。他開始會主動想要做家事了。

「用除塵拖把就好了吧，會吵醒栞里的。」

被史賓舔過頭髮後，栞里在搖搖椅上又睡著了。

「是啊，小賓也會怕嘛。」

這麼說來——香里發現一件事。

「搖搖椅是我買的嗎？」

記得在研究網購育嬰用品時，考慮到能夠使用的時間等等，搖搖椅的優先順位應該被降低了。

「啊，是我買的。因為想說小賓開運動會衝來衝去的時候，可能會踩到栞里。」

啟介說史賓眼睛睜開後，上下彈跳的機會變多，變得愈來愈頑皮了。

「兩、三天前寄來，我把它組起來了。幸好來得及。」

「……你變得很像個人了嘛。」

香里忍不住說。

啟介靦腆地笑了。這是害羞的場面嗎？一般應該要生氣才對吧？

「萬一小賓還是栞里死掉或受傷就不好了。」

主副的主是貓。唔，算了，小問題不計較。小貓安全就是小孩安全，小孩安全貓也安全。表裡一體、陰陽合一、闔家平安。

啟介開始用除塵拖把拖地，史賓對他「咪～咪～」叫了起來。啊，我知道這聲音的意思。

「史賓的飯在哪裡？」

「微波爐台下面的抽屜。餐包擠出一半，稍微加熱一下。」

啟介回應，又睜圓了眼睛說：「妳怎麼知道他是要吃飯？」

「那聲音跟栞里肚子餓的哭聲一樣啊。」

可能是因為還不會說話吧，會把靈魂的要求注入聲音裡面傳達。

香里一走到廚房，史賓便跟著追了上來。好像沒什麼忠誠心。或是他知道香里是這個家的人？聽說動物和嬰兒都是靠家人的態度來判斷他們和陌生人之間的關係。

史賓的飯碗、水碗以及廁所專用的用品都放在廚房。看得出啟介帶著頗強烈的意志，已經決定要養他了。

史賓呈8字形在香里的腳邊磨來繞去，尾巴豎得老高，尖端微微顫動。是全力表達喜悅的尾巴動作。貓的尾巴不論長短或鉤狀，各有各的好，但長尾巴特別能表達感情。

端出加熱的柔軟食物，史賓口中便發出嗚吶嗚吶的聲音，狼吞虎嚥起來。在醫院應該是緊張得食不下嚥吧。

從上方看去，頭和身體呈現兩團蓬鬆的毛球狀，小球上附著耳朵。不管從任何角度看去，都是只能頒出優良設計獎的奇蹟生物。而且是期間限定的小貓，百看不厭。

「不行不行，真是時間小偷。」

香里甩開繼續看小貓的欲望，站了起來。

「我把玄關的紙箱收起來喔～」

香里說著就要去玄關，卻被啟介制止：

「不用啦不用啦，妳坐了那麼久的新幹線，一定累了，先去躺一下吧。要是栞里哭了我再叫妳。」

……真的變得像個人了。香里甚至戰慄起來了。

香里恭敬不如從命，前往臥室。房間的擺設不同了，一進門的牆邊就是嬰兒床，因為把嬰兒床放在那裡，夫妻倆睡的兩張床換了個方向。是考慮到照顧嬰兒的動線而變更了擺設。

嬰兒床一定要組裝好，要不然你就領死吧！任務達成，甚至值得獲頒勳章。

床罩好像和香里回娘家前一樣，沒有更換，枕套散發出自己的皮脂味，但這一點都算不了什麼。會選擇西式床鋪，原本就是因為香里懶得每天把和式被褥摺起來收進壁櫥裡，床單被單的更換頻率，也沒有勤勞到能向別人炫耀。在閒聊場合遇到大家多久換一次床單被單的話題時，香里都選擇含糊其詞混過去。

上床之後沒多久，豆豆豆的輕盈腳步聲就跑了進來。會來嗎？還是不來？香里觀察，發現小貓在地上繞來繞去，然後又豆豆豆跑出去了。

在家中任意活動的小生物氣息，意外地讓胸口溫暖洋溢。是因為太久沒有和貓一起生活了嗎？

香里覺得，和這團小毛球一起長大，對嬰兒來說也不是件壞事。

香里每天都幫栞里剪指甲。嬰兒的指甲就像薄剃刀，稍微變長一點，就會把照顧者的皮膚割破。母親的頸脖到胸口都傷痕累累了。更怕的是嬰兒自己活動手腳時割傷自己的皮膚。雖然還不太會動，但手能摸到自己的臉。

幫嬰兒修剪像施華洛世奇水晶粒一樣精巧——甚至更小的指甲，真的相當恐怖。雖然使用嬰兒專用的指甲剪，但剪刀雖小，壓力卻無限大。

「天哪，好可怕。」

香里承受不住壓力呻吟說。啟介從正拿著鉛筆畫畫的筆記本抬起頭來，是他用來素描或記下靈感的筆記本。因為有時候會拿去別的地方，因此客廳隨時都放了幾本。塗鴉有時會變成好點子，是重要的吃飯傢伙。

「我來剪剪看。」

真假？婚後三年，終於有了自主性。

「能剪多少就剪多少吧。」

趁著栞里心情好的時候，能剪個幾根就萬萬歲了。也因為這樣，每天都要檢查指甲有沒有太長。

啟介抱過栞里，盤腿坐好，拿起指甲剪。

「不要剪到手指喔，不要勉強剪太多根。」

「應該可以。」

「應該」兩個字讓人有點害怕，但啟介相當靈巧。他扳開栞里握住的手指，瞬間抓好，一眨眼一根兩根就剪好了。三根四根也剪完了。

「好厲害，很會耶。」

「跟貼網點比起來，不算什麼。」

雖然現在已經改為數位作畫了，但Tsukuda Keisuke從實體作畫時代，美麗的網點技巧就備受肯定。

「什麼嘛，你基本上比我還要手巧嘛。」

「在這類工作方面啦。而且比幫小賓剪指甲輕鬆多了。」

說到史賓，他正在沙發上睡得四腳朝天。

「小貓的指甲不是就像兇器嗎？」

如果嬰兒的指甲是剃刀，那麼小貓的指甲就是尖鉤。因為很細，非常扎人。等到收納爪子的肌腱長好，爪子可以伸縮自如後，手腳的肌力也變強了，會像捶入岩釘那樣，毫不留情地深深刺入皮膚。

「小賓來了以後，我也做了功課。貓的指甲是彎曲的，所以如果任由它一直長長的話，有時候還會刺到自己的肉球呢。」

「啊，如果一直長的話，可能會這樣呢。養在室內的話，也不太能靠走路磨短。」

有些貓咪容易指甲倒長。

「那麼柔軟可愛的粉紅色肉球居然被指甲刺傷，光想我就要哭了……」

「現在可以先專心在嬰兒柔軟可愛的粉紅色手指上嗎？」

「而且貓的指甲，要是剪太深不是會流血嗎？貓又討厭剪指甲，會一直掙扎，真的好怕會不小心剪到流血。」

「敢把栞里的指甲剪到流血，我會宰了你喔！」

香里亮著黃卡警告著，但啟介的動作穩健確實。

「跟小賓比起來，栞里真是個乖巧的好孩子。超簡單。」

貓啊。果然又是以貓為主啊。但說著說著，雙手雙腳一下子就全部剪好了，香里趁此機會，把剪指甲的工作全部推給啟介。

然後，貓的效果意外地多彩多姿。

嬰兒哺乳沒得商量，每隔兩、三個小時就要餵一次，就算是三更半夜也一樣。上床之後才剛踏進夢鄉，啼哭聲警報就響了起來。

母乳在回娘家的期間就已經枯竭了，因此香里得掙扎著爬出被窩泡奶。

結果啟介摸索著爬了起來。

「我來泡，妳睡吧。」

雖然啟介這麼說，但催著要喝奶的警報聲完全不饒人，讓人沒法睡回籠覺。香里從嬰兒床裡抱起栞里哄著。

樓下依稀傳來在廚房活動的聲音。

之前職場的前輩媽媽曾經恐嚇說，老公都睡得像死豬一樣。她們說，不能把老公列入半夜的戰力裡。但目前啟介從來沒有忽略嬰兒警報，呼呼大睡。

因為小賓他啊——這裡一樣有貓咪登場。

斷奶前就被丟棄的史賓，剛撿到之後的兩星期，天天都要有人餵奶。

小賓也是每兩小時就要餵一次，啟介說。

奶貓警報就像機器鬧鐘一樣尖銳，不可能充耳不聞，繼續埋頭大睡。比起來，栞里的哭聲還溫柔多了。

因為如果我不好好照顧，小賓就會死掉，啟介說。

調整溫度泡貓奶粉，餵奶前先用溫水沾濕的紙巾刺激屁股促進排泄，如果仰向餵奶，可能會嗆到氣管，所以要以人面獅身像的姿勢讓奶貓咬住奶嘴，喝完後還要熱水消毒奶瓶，一切步驟完美無缺，令人佩服得五體投地。

就連娘家從來沒有養貓空窗期的香里，都沒有像這樣照顧奶貓的經驗。全都是交給母親。

偷懶沒有藉口。無助得無可救藥的小毛球，居然能把一個人改變這麼多嗎？

你真是太厲害了。

香里這個帶有滿滿弦外之音的感想，讓啟介露出害羞的笑。

現在有Google跟很多論壇可以問人嘛。

香里忽然好奇起來，看了一下共用的平板電腦紀錄，發現啟介個人帳戶的論壇內容變得相當驚人。

【發問者】我撿到一隻小貓，獸醫叫我用棉花沾水刺激小貓尿尿，可是家裡沒有棉花，有什麼替代方案嗎？

【回答者】用面紙也可以。

【回答者】如果家裡有女生，也可以用化妝棉。超商也有賣。

【回答者】要用溫水沾濕喔！不可以用冷水，會害小貓感冒。

【發問者】不好意思我又來了，之前我問了小貓尿尿的問題。現在小貓不肯喝奶，把奶嘴塞進他的嘴巴，他就把頭轉開，請問該怎麼辦才好？

【回答者】奶的溫度沒問題嗎？要比皮膚更熱一點（38～40℃）。可以滴在手腕上試溫度。

【回答者】會不會是太涼了？用熱一點的滾過的水泡奶之後，搖晃奶瓶降溫。

【發問者】滾過的水？什麼意思？

【回答者】不會自己查？

【回答者】就是沸騰過再放涼的水。大概70℃吧。裝進奶瓶泡奶之後再沖冷水降溫。

【發問者】喝奶的溫度要40℃的話，不能用微波爐加熱到40℃嗎？

【回答者】煮水是為了去除自來水裡面的氯和消毒成分，所以要煮沸之後再放涼。

【回答者】你是想殺死貓嗎？

【回答者】用快煮壺把保溫設在70℃就好了嘛。沸騰之後就會自己保溫啦。

【發問者】居然有這麼方便的設定！我會研究一下！

【回答者】你沒用過自己家的快煮壺喔？

【發問者】家裡的事都是我太太在弄……她現在回娘家生小孩不在。在我太太回來以前，我得一個人照顧小貓。

【回答者】天哪，你太太好慘。

【回答者】只想塞給太太是吧？離婚啦離婚。

【發問者】為什麼？

【回答者】家事法院見──妻。

【回答者】太太回家前小貓先死掉+1。

【發問者】我不想害小貓死掉。所以，貓奶放涼和加熱，哪邊比較好？

【回答者】不會自己想喔？網友怎麼會知道你手上的貓奶幾度？

【回答者】這是釣魚文嗎？

【回答者】重泡比較快啦。不要上網了，快點重泡。

【回答者】一定是釣魚啦。腦內幻想貓啦。

【回答者】如果是真的，小貓會死掉。我還是為了可能真實存在的貓回答一下。這不算稍微炎上了嗎？為了不知道到底是否真實存在的貓，有人認真回答，也有人搗亂，版面一片混亂。最後甚至演變成逼他向太太從實招來的班會審判。各位，外子真是讓大家見笑了。

【發問者】不好意思我又來了，我是貓尿尿的人……

貓尿尿的人終於變成代號了。

……謝謝大家前幾天給我泡貓奶的建議。我想請問，小貓每天都會尿尿，可是到現在都還沒看到像便便的東西，會不會是生病了？

【回答者】小貓都有好好喝奶嗎？如果都有喝的話，應該不用擔心。會不會是小貓的便便太細，被你忽略了？

【回答者】黃金貓這牌貓奶幾乎是百分之百吸收，所以只喝奶的時候，有時候不會大便。

【回答者】用面紙輕擦屁屁的時候，上面有沒有沾到黃色的線？有的話就是便便。對了，你跟你太太說了沒？

【發問者】黃色的線！原來那就是便便！我太太那邊我還沒說……

【回答者】快點說啦。萬一你太太生氣，叫你把貓丟掉怎麼辦？
【發問者】我太太不是那種人。至少我不會讓小貓不幸。
【回答者】那幹嘛不快說？
【發問者】可是她一定會超生氣的……
【回答者】這叫自作孽不可活。
【回答者】可能會叫你送養。
【發問者】我不想送養……我捨不得送走他……下星期我太太就帶小孩回來了，我會在那之前先跟她說……
【回答者】你是那種遇到困難先逃避的人對吧？
沒錯，就是遇到困難先逃避，才會搞到差點逃漏稅，但網友們不可能知道。
【回答者】他絕對不敢說+1。我賭一百萬辛巴威元。
結果現在的發展，就算賭日幣也沒問題。討論串在一百萬辛巴威元之後，斷斷續續還有人推文「貓尿人現在不曉得怎麼了」、「應該在法院打離婚官司吧」。
傳來豆豆跑上樓梯的聲音。
「咦，小賓你來了～」
晚上史賓都關在客廳籠子裡，好像是啟介放出來的。他可能不睡了，就這樣開始工作。距離截稿日還很久，但應該有一篇單篇漫畫的稿子要趕。

史賓雙手搭在香里的小腿上，哼哼叫著，很好奇上面的狀況。似乎是栞里在哭，引起他的好奇。白天也是，栞里在他看得到的地方時，他經常跑過來察看。因為也沒有要對嬰兒惡作劇的樣子，因此愈來愈多時候會在地面鋪嬰兒睡墊，讓栞里睡在地上，而不是放在搖搖椅上。這種時候，史賓會在旁邊蜷成一團，或是幫忙舔頭髮，你儂我儂。

香里在心中對回答的網友們道謝：託大家的福，小貓和嬰兒相處融洽。

「久等了。」

啟介帶著奶瓶，晚了許久登場。牛奶溫度總是恰到好處。仔細想想，照顧未斷奶的奶貓，完全就是一場育嬰訓練。

奶嘴一塞進嘴裡，警報哭聲隨即停歇，開始強而有力地「嗯咕嗯咕」吸起奶來。

「你看，小賓，栞里在喝ㄋㄟㄋㄟ喔～很厲害喔～」

啟介抱起史賓，湊到栞里旁邊，可能是聞到奶香味，史賓張開小手，想要去撈奶瓶。

「你不是已經從喝奶畢業了嗎？」

史賓的牙都長好了，幾乎可以把奶嘴咬斷。跟人類相比，成長快速許多。

「你要工作嗎？」

「都醒了，順便工作一下好了。」

啟介本來就是個夜貓子。在香里請育嬰假的期間，可以稍微分擔白天和夜晚的工作，幫助很大。

「新作品的大綱我想再琢磨一下。雖然滿難的。」

這話題有點敏感。自從幾年前的暢銷作以來，Tsukuda Keisuke就沒有長期連載。雖然作品都獲得不錯的肯定，但都出個幾集就完結了。編輯部期待他能推出超越暢銷作的作品，但網路上的評論都唱衰說那應該就是他的巔峰了，而本人的心理素質並未強大到可以不在乎網路上關於自己的評論——倒不如說，叫創作者不要上網搜尋關於自己的評論，根本違反人性。

創作者是人，人在本能上就是會在意別人對自己的創作物的觀感。就算被勸告要封印這樣的本能，世上又有幾個人真的能夠做到？

據說編輯的立場這幾年也改變了不少。以前很多編輯部似乎都是一笑置之，說網路評論不足介懷，結果創作者就自己上網查評論，被網路意見弄得遍體鱗傷，就此崩潰。新人尤其容易如此，中堅作家也難以承受。時代和過去不同了，以前編輯部會過濾批評的信件，創作者只會收到讚賞。徒然犧牲了許多才華之後，編輯總算學到必須在一旁支持，避免讓創作者單打獨鬥。

雖說比起編輯，香里在會計方面的表現更好，但畢竟她曾經立志成為編輯。

「我喜歡Tsukuda Keisuke的漫畫。」

雖然她沒有說過這就是促成她接受求婚的原因。

「只要Tsukuda Keisuke出新作品，不管是什麼類型，我都會買。」

之前的暢銷作是超能力戰鬥類型，但只要是Tsukuda Keisuke畫的漫畫，不管是戀愛喜劇還是專業領域的漫畫，她都想讀。

「而且我覺得不一定要是科幻類。」

以前短期集中連載的青春戀愛喜劇，香里也很喜歡。她覺得或許Tsukuda Keisuke意外地適合畫日常作品。

「如果想要拿到長期連載，還是忍不住會想畫擅長的領域呢……」

「我覺得不要設想太多。」

想太多不適合啟介。他是那種挖掘想挖的領域，會在不知不覺間挖到寶藏的類型。

感覺就快變成煩惱諮商室的時候，栞里喝完奶了。

「好乖好乖，來打嗝喔。」

香里搖晃栞里拍背，啟介理所當然地拿起她擺到旁邊的奶瓶站起來。被訓練得很好。

「我直接去工作室了。妳要是睡得著就睡吧。」

「謝謝。」

豆豆豆的腳步聲追上啪噠啪噠的腳步聲。是訓練教官。三星期的相處時間似乎是相當大的優勢，比起香里，史賓還是比較喜歡啟介。

香里的訓練教官是助產婦。對香里的母親來說，栞里是第一個孫輩，帶小孩的空窗期太久，所以是副教官。第一教官的助產婦把育嬰的基本理念灌輸給香里。

就算嬰兒哭了，也不能忽略自己上廁所、吃飯以及儀容的需求。

一聽到嬰兒哭就想衝過去抱，是新手媽媽的本能，但「嬰兒還在哭就表示活得好好的」，因此母親應該以自己上廁所、吃飯還有整理儀容的需求為優先——助產婦如此教導。

真正危險的時候，嬰兒不會哭，會悄然無聲地陷入生命危險。

這種情況也一樣可怕。

就算會哭，哭法也和平常完全不同。

為了分辨出正常營業和緊急事態宣言的不同，必須確實牢記平時的哭法。母親上廁所吃飯和整理儀容，是沒有人能夠代勞的。嬰兒哭的時候，在廁所專心解放、大口吃飯、擦個口紅也無妨，用這種穩如泰山的態度確實地去聆聽哭聲比較好——助產婦如是說。真的假的啦？

儀容應該不重要吧？香里這麼想，但是在育嬰期間，母親的心情好壞似乎相當重要。

最重要的是——

如果邋裡邋遢，突然有訪客的時候無法立刻應門，不是很困擾嗎？

這也是在教導她，至少要維持有宅配郵件上門時，可以直接應門的整潔儀容。

助產婦說，很多新手媽媽容易憋尿不敢去廁所，導致膀胱炎，或疏忽自己的飲食，卻繼續哺乳，結果引發貧血。抱著嬰兒要去醫院也困難重重，萬一虛弱手軟，不小心讓嬰兒摔下去，可能會害嬰兒受重傷。

為了保護好嬰兒的生命，母親必須先健康才行。

孕期的時候會講究吃的喝的，但小孩出生以後，卻容易疏於照料自己，這似乎是新手媽媽常有的現象。

對於新手媽媽來說，嬰兒的哭聲聽起來全都是緊急事態宣言，但香里努力克制衝動，養成優先滿足自己三大需求的習慣。她甚至可以把嬰兒的哭聲當成背景音樂，和母親一起享用飯後一杯茶。

幸好她還沒有聽過不同於平時的哭法，但應該已經分辨得出來了。就算再加上一個缺乏社會性的丈夫，應該也有把握不會讓嬰兒死掉吧？香里帶著這樣的感覺回家，沒想到意外地輕鬆。

一切都多虧了史賓教官的調教。

許多嬰兒都有配備的背部哭鬧開關，栞里似乎也不例外。抱在懷裡看她開始打瞌睡了，便放到嬰兒床，結果眼睛頓時睜開來，放聲哭鬧。

左手抱著栞里讓她繼續睡，右手用除塵拖把拖地，已經是小事一樁了，人類是會進化的。結果不知不覺間，兩隻手變得不一樣粗。因為栞里的脖子還沒有長硬，必須用手幫她撐著。栞里的體重差不多來到五公斤了，漸漸有了做為生物的穩定感。「該不會無聲無息地死掉了吧？」這種突來的不安也漸漸少了。

以人類無法相比的速度獲得穩定感的史賓，立體機動[5]技術似乎更上一層樓，終於可以登上蕾絲窗簾的頂端了。這是她不希望史賓學會的技術。爬上去還好，但史賓自己下不來，因此會掛在頂端喵喵叫。不是「救我！」而是「放我下來！」

「等他變得更重，會發生什麼事？不會指甲勾在上面被拔掉吧……？」啟介說。

「你想知道？」

香里用鼻子哼笑了一聲。

「窗簾會裂開。」

娘家每次新養小貓，蕾絲窗簾就會變成破布條。連紗窗都會被勾破。窗簾只要不挑花樣，有些還滿便宜的，但換紗窗是一筆滿痛的開銷。

5. 譯註：典出動漫作品《進擊的巨人》中，人類所佩戴的「立體機動裝置」，用來讓自身高速上下移動，斬殺巨人。

「是不是應該換成百葉窗？」

「會全部斷掉喔。」

能試的幾乎都試過了。世上的家飾用品，並不會考慮到養貓的情況。

「午飯我來準備嗎？」

可能是看到香里已經當了快一小時的人肉搖籃，啟介提議說。

「不，我要放下來了。」

啟介的體貼令人窩心，但餐點方面，啟介永遠只有倒入熱水三分鐘一招，完全不會進化，因此香里光是看到杯麵就反胃。香里也不算廚藝高明，但冷凍庫裡隨時都有冷凍烏龍麵。放進微波爐解凍，熱騰騰地和醬油雞蛋拌在一起，再切個蔥花大款待好了。最後撒上海苔或芝麻粉，或是撒上起司粉，做出西式濃郁滋味。啊，要濃郁滋味的話，也有炸酥可以加喔。

香里摸索著可以迅速解決和想吃的菜色之間的妥協點，立下決心，把栞里放到床上。背部剛一沾到墊被，栞里的雙眼便立刻張開，醞釀著彷彿要控訴「布魯圖，你也有份嗎？[6]」的顏藝，接著嚎哭起來。

「在哭表示還活著。」

「在哭表示沒死掉。」

兩人現在已經會像暗號一般，說出口相互鼓勵。

這時，史賓豆豆地跑來了。還以為他又要替栞里舔頭髮，沒想到他把臉用力頂向栞里的側腹部。這意想不到的側面攻擊，讓栞里發出奇妙的一聲：「呼嗚！」

史賓就這樣前腳搭在栞里的肚子上，開始踏踏。意想不到的可愛攻擊，讓大人們連聲怪叫起來：「哈嗚！」「噢哈！」

兩人連忙抄起各自的手機，連拍起來，快門聲響了幾十下後，「不不不不應該錄影」，切換成錄影模式。

不知不覺間，栞里的嚎哭聲停止了。眼神迷茫，很快地眼皮靜靜地蓋了下來。真假──兩人的喃喃聲重疊在一起。

史賓的踏踏也變得有一搭沒一搭，一樣睡倒了。

香里盡情享受可愛的餘韻後，無聲無息地站起來，躡手躡腳地前往廚房。

烏龍麵放進微波爐加熱，拌上雞蛋和醬油，切了蔥花，撒上起司粉，最後磨黑胡椒撒上去。冷凍烏龍麵，午後的培根蛋口味，用筷子攪拌均勻後開動。

雖然無法登上咖啡廳菜單，但作為要照顧新生兒和小貓的夫妻的一餐，算是非常豐盛了。

6. 譯註：據傳凱撒大帝對刺殺自己的養子布魯圖所說的最後一句話。

史賓的踏踏哄嬰行動，後來也多次被觀測到。只要使出踏踏攻擊，栞里百分之百會睡著。難道側腹部踏踏就是昏睡開關嗎？大人用手指模仿動作，但不是史賓來踏，栞里就不會睡著。可能是沒辦法重現一邊踩踏一邊收縮手指的高難度動作，又或者是人類「快給我睡」的邪念太強烈了？

栞里睡著的時候，就是趁機做家事的時間。香里正在二樓用除塵拖把，這時傳來衝上樓梯的吵鬧聲響。

萬一把栞里吵起來怎麼辦！香里正要劈頭罵人，卻被啟介氣急敗壞的哭求聲擋下了：

「香里，怎麼辦！」

「怎麼了？」

「妳看！」

啟介亮出來的是平板，打開的畫面是論壇。

香里嚇了一跳，因為上面貼了許多畫風熟悉的素描畫。睡著的嬰兒和小貓。毫無疑問，是栞里和史賓。

你幹了什麼好事?!香里連質問的空閒都沒有，迅速拉動討論串。

【發問者】上次謝謝各位的幫忙。託大家的福，現在小貓變成我們家的一分子了。跟小孩感情也很好。為了表達謝意，我畫了他們給大家看。

【回答者】畫得超好！

【回答者】問題解決太好了！你畫得好好喔！

【回答者】這不是業餘水準……

【回答者】是職業畫家嗎？插畫家？漫畫家？

【回答者】會想到用畫畫來道謝，這強大的心理素質。有可能喔。

【回答者】已婚，小孩剛出生，男性……可以剔除少女漫畫？

接下來演變成肉搜討論。不妙不妙不妙。

香里大概看了一下，但沒有人提到Tsukuda Keisuke的名字。速寫風格的隨手素描似乎不容易確定畫風。也幸虧啟介沒有用Tsukuda Keisuke的名義經營社群媒體。若是日常公開塗鴉等等，有可能一下子就被肉搜出來了。

「什麼為了表達謝意畫給大家看，你白痴啊！」

香里伸手往啟介頭上就是一掌。

「我只是想表達謝意……」

「你自覺一下你只有畫圖比別人厲害超多好嗎！」

「怎麼辦？刪除比較好嗎？反正還沒有人提到我的名字。」

該不該刪除？這是炎上對策的關鍵。這是別人，要站在別人的角度，不要當成自己的事，以不負責任的第三者立場，持平判斷。

「……最好不要刪。」

如果當成自己的事，就會因為不安而貿然行事，但香里克制下來，擠出不要刪的結論。萬一刪除，極有可能讓網友們認為猜對了，更卯起來肉搜。就算有人提到Tsukuda Keisuke的名字，也會被當成眾多可能的人選之一帶過。

「不要再回覆這個討論串了。還有，你一輩子都不准開什麼Tsukuda Keisuke的官方粉專。」

「啊，我不會的。太可怕了。」

啟介缺乏社交能力，心理素質又如豆腐般軟弱，他連和同業在網路上交流都覺得害怕。但他對於自己不懂察言觀色、會把氣氛搞僵還算有自覺，所以可以說很有自知之明。他在社群媒體上的帳號，都以「K@追蹤專用」的名稱統一，並且設為私密帳號，從來沒有公開貼過任何訊息。

因此他不懂得網路討論的節奏。會在論壇上發問，應該是實在走投無路了，卻又做出各種彷彿釣魚的發言，甚至上傳可能讓自己的身分曝光的圖畫。

香里打掃完二樓，走下客廳，啟介在鋪給嬰兒睡的地方旁邊蜷成一團睡著了。差點被肉搜出來的恐懼讓他筋疲力竭了吧。

把他叫醒也太可憐，香里延後一樓的打掃工作。洗衣機還在運轉。

出處是這裡嗎？香里想，打開放在客廳的筆記本。應該是後面的地方。

啊，他真的是爸爸了。

眼頭癢癢的。不，是胸口癢癢嗎？

頁面上塞滿了栞里和史賓。每一頁滿滿的都是，快要畫到最後一頁了。

視野一隅，橘色的毛球爬了起來，走到香里這邊，弓起身來伸了個懶腰。他老愛走到人類的視野範圍內來伸懶腰。

「七七七。」手指頭勾勾呼喚，史賓便「豆豆豆」地跑過來。尾巴開心地顫抖不止。

「都多虧了你。」

那天去丟垃圾的是啟介，所以才會被觀測到的薛丁格的小貓。這是多麼幸福的測不準原理啊！

香里從桌上的筆筒抽出簽字筆，在筆記本最後一頁的素描寫上：「讚！」接著繼續寫：「愛死了！」

「啊……」香里後悔，但用的是簽字筆，沒法擦掉。不不不，這是在說畫。

香里闔上筆記本，放回原位。過幾天再來看，素描又多了一大堆。懷著探索恐怖事物的心情翻回自己寫字的那一頁，看到啟介畫了自畫像，靦腆地寫上「我也是」。不不不，我是在稱讚圖畫啦。

香里開始偶爾會把看到的栞里和史賓的模樣寫下來。有點變成交換日記了。有時留下感言幾天後，容易畫的題材，就會變成單格漫畫插圖。

「妳說連尾巴也一起抱住，是這樣嗎？」

啟介有時也會來向她確定構圖。

好可愛。好可愛。超可愛。怎麼這麼可愛。可愛死了。可愛。可愛。可愛。

一頁又一頁，被愛的接力填得滿滿滿。又換了一本筆記本。從第一頁開始就是愛的洪水。

栞里的體重變成了兩倍。尿布從新生兒換成了S尺寸。脖子長硬了。會笑了。發生了便便從尿布漏出來的慘劇，悲。眼睛好像會追著史賓跑了，已經看得見東西了嗎？今天兩人顯然對望了，會看東西了！

史賓終於把蕾絲窗簾勾破了。三根爪子，從上到下「唰」地勾破了。開始會吃乾乾了。大便卡在肛門上，恐慌暴衝，悲。枕在栞里的大腿間睡覺。是拿尿布當靠墊嗎？不臭嗎？

並非每一天都開開心心。有時候會沮喪，也有些時候覺得走投無路。有時也會為了嬰兒和小貓好而互相責備。但是在筆記本上，只留下看了會笑的內容。

只留下如果哪一天栞里看到的時候，會知道自己深深被愛的證據。

漫畫的工作，短期集中連載告一段落了。啟介在思考新作品。香里則是為了尋找托嬰中心，正在蒐集資訊。

很快就到了史賓結紮的時候。來到家裡還不到一年，肚子被切開，史賓帶著遭到全世界背叛的表情回家來。可惡的人類，我再也不相信你們了！但不到一小時就忘了那些，呼嚕呼嚕磨蹭磨蹭。到底是誰害小賓受這種罪的？安慰我安慰我快安慰我！

栞里開始會爬，更必須隨時盯緊了。老手媽媽們忠告「開始會動了才是真正的戰場」，這話刻骨銘心。栞里每五分鐘就會嘗試一次自殺新花招。人想死的時候，就算用塑膠湯匙也能死。

就在這樣的某一天。

「欸，我有事商量。」

啟介一臉嚴肅地開口說。

「責編問我要不要在《健康寶寶每一天！》畫漫畫。」

是香里的公司出版的育兒資訊雜誌，在這個領域是老字號了。

好像是啟介去編輯部討論新作品時，編輯問他現在對什麼題材感興趣，啟介便說「嬰兒跟貓的材料我倒是多到用不完」。啟介這話似乎完全只是說笑，但認真的責編記了下來，和總編討論，認為或許可以在《健康寶寶》推出作品。

超級奶爸自傳漫畫這樣的宣傳，讓香里爆笑出來。

「就是說呢，不可能嘛。」

「不，我覺得很不錯喔。」

香里會爆笑，只是因為「超級奶爸」這種私生活充實的形容詞實在太不適合啟介而已。

「試試看怎麼樣？筆記本的材料很有趣喔。」

不知不覺間，不光是插圖，分格漫畫的題材也增加了，可能是因為啟介的剪裁方式很高明，當成漫畫來讀非常有趣。香里正覺得讀者只有自己一個人，雖然奢侈，但也實在可惜。

「親身經歷的漫畫，應該滿不錯的喔？」

標題取為「薛丁格的爸爸」。

大家好，我是Tsukuda Keisuke，平常都畫科幻動作漫畫。

開篇的旁白這樣開始。

薛丁格的法則是，在觀測到以前，箱子裡的貓不確定是生是死。至於我這個丈夫會不會是個好爸爸，在實際打開箱子以前也沒有人知道——內子在實際觀測之前，似乎認定我絕對會是個不及格的爸爸。

啟介赤裸裸地畫出發現我懷孕時，離婚迫在眉睫的夫妻對話，以及看到剛出生的嬰兒，仍然沒有為人父的真實感，甚至還撿回尚未斷奶的小貓——在這裡結束的第一集，據說得到了讀者回函的第一名。

各位，那個時候真是謝謝大家了——如此結束的論壇章回，在現在還保留著的討論串掀起一陣熱烈討論：「沒想到居然是Tsukuda Keisuke！」

由於擔心Tsukuda Keisuke在育兒雜誌沒什麼知名度，每次都從「平常都畫科幻動作漫畫」的自我介紹開始，但很快地，編輯部把頭銜換成「也畫科幻動作漫畫的自傳漫畫家」。

Tsukuda Keisuke是深入挖掘想挖的領域，就會挖到寶藏的漫畫家，這次挖到的礦脈，雖然並非爆紅，但感覺可以細水長流。香里一直覺得他也適合畫日常題材，想想自傳漫畫也屬於其中一種吧。

育兒漫畫的好評，帶來了貓咪漫畫的案子，還有了啟介和史賓登上電視節目《漫畫家和貓》單元的難得經驗。來家裡拍節目的攝影人員要求妻子和女兒也一起入鏡，但啟介嚴正拒絕，說現在這個時代，不方便讓小孩拋頭露面。

雖然本人無法露相，但請節目用已經出版的漫畫封面來介紹，據說書店架上的作品銷售成績相當不錯。

「小賓賓真是招財小喵喵呢～」

啟介用實在不好被人聽到的嬰言嬰語說著，抓住史賓胡亂搓揉一通，最後吃了一記貓巴掌。

「爸爸真是小笨蛋呢～」

顧著栞里的香里，嬰言嬰語也說得得心應手了——然而栞里卻冷冷地瞥了母親一眼：

「小嬰兒才那樣說話，媽媽。」

栞里早已過了托嬰階段，明年就要上幼兒園小班了。女生特別早學會說話，這部分也讓人覺得時光飛逝。

「粉丟臉欸。」

本人自以為字正腔圓，卻童音未脫，實在可愛，但如果糾正，她就會氣得跳腳。而且這些都會被拿去當成漫畫題材，等到哪天她會看漫畫了，或許讀到會暴跳如雷。

如果那一天啟介沒有撿到史賓的話——香里有時會這麼想。是如今回想，教人覺得可怕得不敢想像的「如果」。

三日蜜柑紙箱裡面。被觀測到的或許是手足先離開的活生生的小貓，以及現在變成這樣的觀測者的未來。

fin.

# 粉飾財報

父親應該沒有多喜歡貓。

小孩子吵著想養貓、看到報紙廣告出讓欄的「送養小貓」，向別人要來貓咪時，父親也沒有特別表示關心。

來到家裡的黃白小貓，送養人宣稱是兩個月大的公貓，但不管怎麼看，都比宣稱的還要大上三倍。

據說開車載貓來的送養人的嗜好是釣魚，向小貓道別說「下次我帶釣到的魚來看你喵」，但此後再也沒有出現。附帶一提，我們當地的方言，語尾有時會加上「喵」或是「啾」，當地人經常自嘲「就像貓跟老鼠說的話」。

送養人說，小貓似乎送養過一次又被退回，可能是因為這樣，性情有些彆扭。送養人離開後，貓便占據日照良好的客廳落地窗邊，一臉冷漠，彷彿在說：反正這裡也只是個臨時的住所。

雖然不會伸手抓人，但也沒有特別熱情的樣子。孩子們原以為會是一隻正值可愛時期的小貓，因此都露骨地大失所望。就連負責應對送養人的母親，據說內心也有些遲疑到底要不要收養。

「媽也覺得以兩個月來說，這貓未免太大隻了。」

母親性情軟弱，因此人家都特地把貓載來了，她沒有勇氣回絕說「貓太大了我們不要」吧。

——剛才那樣說，對父親有些不盡公平。對於來到家裡有點太大的小貓，其實家裡所有的人都不覺得有多可愛，只是父親最不客氣而已。

回家的父親瞥了貓咪一眼，從母親那裡聽完來龍去脈後，說：

「因為太醜了才會被退貨吧。」

每個人內心都這麼想，但都沒有說出口。父親看到電視上當時以甜美的嗓音博得人氣的男歌星唱歌，說「這的確不是靠臉」。從父親的角度，這是在稱讚歌唱得好。

「把他帶來的大叔，應該也覺得擺脫了一個麻煩吧。」

那口氣聽來像是在打趣。可能是想像鬆了一口氣回去的送養人，覺得好笑。

「要是我們家再退回去，應該就沒有人要了吧。」

解讀這父親式的說法，就是「把他留下吧」的意思。橘白貓成為家中一員，因為橘色部分有虎斑，便隨便取了個名字叫「小虎」。

要養貓的話，真希望是隻更可愛的小貓。母親和孩子們心裡面都這麼想，父親卻是相反，滿不在乎。他本來就沒有寵愛動物的傾向。

因為父親這個人問他喜歡什麼動物，他會跟你回答「鬣狗」。這實在很不一般。問他鬣狗哪裡好，他說卑躬屈膝的地方令人欣賞。

世上再也找不到那麼卑躬屈膝的動物了吧？人類也得效法一下才行。

卑躬屈膝不是個性的問題，而是骨格的問題。

比起條紋鬣狗，斑鬣狗更窮酸，十足哀愁，很好，父親說。

一般來說，不管是條紋還是斑點，都被當成是一樣的鬣狗吧。但父親甚至會頻繁拜訪同時飼養條紋鬣狗和斑鬣狗的鄰縣動物園。不過那也只是那陣子的興趣，父親並非特別喜愛動物。父親只要忽然覺得什麼東西有趣，就會狂熱個一陣子。他很擅長發現這類自己獨特的樂趣。

父親上班的建設公司參與了瀨戶大橋的部分建設，因此峻工前後，他對瀨戶大橋非常著迷。不管是明信片還是海報，看到就會買來收藏，還未經家人同意，擅自報名了步行經過開通前的瀨戶大橋的當日遊覽車旅程。家人什麼都沒被知會，當天清晨被挖起來趕上遊覽車，叫苦連天。因為是旅遊行程，也沒法在半途說要回去，幾乎就像行軍一般走過柏油路黝黑反光的橋上。

這種時候，母親都會默默接受，但依序女女男的孩子們反應各自不同。大女兒擺出臭到不能再臭的臉，小女兒死心認命，面無表情默不作聲，年紀還小的兒子則是哭叫著喊累。旅程是走到瀨戶大橋的中間再折返，但幾乎花了整整一天的時間，讓幼童走這麼長的距離，如果放到今天，會被認定是虐待兒童吧。

至於父親的公司負責的部分在橋的哪裡，是連接馬路到橋面的短短幾百公尺上坡部分而已。不過雖然只有一小部分，但能搶到其他縣的大規模公共工程，現在想想，算是相當厲害的公司。

除了父親以外，也有許多家庭覺得可以當成紀念，輕率報名了這個旅程，在橋上放眼望去，前後左右都有大批人群不停地走著。回程的遊覽車上，全車的人都累到睡死，大女兒被車子的晃動搖醒一看，車子裡的電視不知為何在播放電影《忠犬小八》。不知道小八和主人最後怎麼了，因為下次醒來時，已經是片尾工作人員名單了。

言歸正傳，這是貓而不是狗的故事。在那個年代，貓狗都天經地義放養在戶外，因此小虎也依照當時的做法，相當隨便地飼養。發情要抓去結紮的時候，也因為家裡沒有貓用外出籠，塞進紙箱裡，把蓋子以卍字固定，綁在母親的輕型機車貨台上，載到動物醫院。突然被塞進紙箱裡，貓當然嚇死了，在箱子裡瘋狂掙扎到機車幾乎龍頭失控，貓手甚至突破了卍字固定的箱蓋正中央。如果醫院再遠一個十字路口，小虎肯定已經衝破紙箱逃走了。我們太小看貓的運動能力了。

之所以用紙箱裝，是因為父親說：「貓用紙箱裝就好了啦，只是帶去附近而已，還特地買籠子，浪費錢。」但出院的時候，母親還是去家庭賣場買了一個外出籠。獸醫似乎傻眼地對母親說：「路上居然沒出事。」——因為外子說用紙箱裝就好了。是嗎？一般飼主都會用籠子裝。

都是你這麼小氣，害我丟死人了！——母親大發雷霆。

「而且萬一小虎衝破紙箱跑出去，可能會被車撞成重傷。」

「噯，既然沒事，那不就好了嗎？結局好，就皆大歡喜啦。」

這要是現代，絕對會被動保人士丟石頭。但父親似乎也不是不疼小虎。

「蛋蛋本來那麼圓、那麼可愛說。」

父親說著這種話，戳著小虎結紮後癟縮的蛋蛋。

然而下一秒，又說著「換檔換檔」，抓住小虎粗粗的鉤狀尾巴，像變速檔一樣扳來扳去。小虎也只是嫌煩地瞥了父親一眼，任由他去，雖然不熱情，卻是隻老成持重的貓。

有一次，小虎被裝在購物袋裡吊掛在門框上。不是小孩子幹的，而是父親。

「我看他把頭鑽進袋口裡面聞，就把他裝進去一看，剛剛好呢。而且他意外地很舒服的樣子，所以就把他吊起來了。」

在母親發現並把小虎救出來之前，小虎連一聲也沒吭，就這樣蜷在購物袋裡吊掛在那裡。不曉得是忍耐力超凡，還是意外地喜歡這樣。把他放下來後，他便慢慢地爬出袋子，若無其事地走掉了。

不熱情但老成持重的小虎活了十八年。在孩子們都獨立離開的家中，老當益壯地大步漫遊，但不知不覺間，就像大大地走下一階般，整隻貓頓時衰弱下來。

小虎似乎生來後腳不太強壯，有時跑著跑著，後腳會絆到跌跤，是隻遲鈍的貓。但現在走起路來變得蹣跚搖晃，彎腰駝背，爬樓梯也是走一階休息一階。爬不上貓砂盆的邊緣，尿到外面的情況增加了。母親挪開貓砂盆，在地上鋪寵物墊給他，但可能是感覺不對，小虎不太喜歡在那裡上廁所，會尿在地毯或棉被上。清潔起來實在太累人了，因此母親幫他穿了尿布。當時市面上還沒有貓用尿布，因此母親用新生兒的尿布，在尾巴的地方開個洞。

然後，孩子們接到電話說小虎可能活不久了。大女兒和大兒子住得很遠，頂多只能休假的時候回家看看，但平日很酷的二女兒卻幾乎天天回家看他。

父親每天回家，就會先去看看小虎說：「還活著啊？」母親罵他烏鴉嘴，但父親這個人就是只會這樣說話。

這件事發生在大女兒在讀大學的地方遇到阪神淡路大地震的時候。地震平息後，大女兒從避難地點的公園回到租屋處，第一件事就是打電話回家。從未經驗過的天搖地動，讓大女兒深信日本今天就要沉沒了，猜想家鄉的災情一定更慘重，所以急著打回家確定家人是否安好。

當時大概才早上六點多。睡眼惺忪的母親接了電話，有點不耐煩地問「怎麼了」。大女兒問地震沒事嗎？母親似乎一頭霧水。啊，日本還沒有要沉沒啊——大女兒放下心來，只說遇到了大地震，自己平安無事，就掛了電話。

接下來阪神地方的電話塞爆了。

父親稱讚打電話回家的大女兒「有夠精」。大女兒打完電話後，電視開始播報觸目驚心的各種災情，就算家裡打電話去大女兒租屋處，也完全打不通。

若是沒有大女兒清早那通電話，家人絕對會急死了。知道要趁著電話塞爆前先打電話報平安，有夠精——後來父親一直稱讚這件事。

什麼精啦！大女兒對這種說法很不滿，但就連稱讚也不肯直說，非要作怪一下，這就是父親的作風。這要是一般的父母，一定會說「我女兒很懂事」吧。

附帶一提，地震後電話第一次接通時，父親說：「雖然很恐怖，但既然活下來了，就可以說嘴一輩子了。」這種話就算心裡想也不能說出來，更不是對留在廁所動不動停水、晚上害怕餘震，睡覺都不敢脫掉鞋子的災區的女兒說的話。二女兒評論：「他是個沒血沒淚的男人。」

包著尿布的小虎被母親抱著睡了一晚，天還沒亮就撒手人寰了。據說走得非常安詳。

沒血沒淚的父親聽到小虎過世，也只是點點頭說「這樣」而已。唔，算是很長命的了——似乎也說了類似這樣的話。

他是會喜歡鬣狗的人嘛，對貓狗這種正常的可愛動物沒興趣吧——同樣是二女兒如此評論。

父親因為是這樣一個人，小虎的過世，似乎沒有對他造成任何影響。但母親陷入了現在所謂的「寵物失落」狀態。雖然是小孩子說要養的，但最後都是母親在照顧，一直到送終，所有的一切都是母親一手包辦。

小虎離開，對父親沒有造成特別的影響，但母親失魂落魄，似乎讓父親也擔心起來。剛好那時候他屆齡退休，變成特約人員，一星期只要上班三天，逍遙自在，便經常帶母親出門兜風。父親喜歡開車出門，因此總是能找到去處。

當時據說是去撈水母的路上。當地郵局還是當地名產中心發售了可以在家飼養的水母觀察組合。下訂之後，就會送來裝在塑膠水槽裡的活水母。只要每天更換海水，就能養上一段時間。如果水母衰弱了，請倒回海裡放生——說明書上如此囑咐，還付上更換用的海水。如今回想，真是很粗糙的商品。

父親立刻被吸引了。也是因為家就在海邊，方便去汲海水吧。附送的海水用完後，父親也每天勤奮地去附近港口汲海水。他很好奇水母到底能活多久，這樣的好奇心，和出於好奇拔掉蚱蜢的腳的頑童沒有兩樣，相當惡質。

水母衰弱以後，就不太游動，顏色也變得愈來愈烏青。在商家的預設裡，這時候就應該要倒回海裡了，但天真無邪又殘忍的小孩卻想要追求極限。

倒回海裡吧，母親一再催促，父親卻充耳不聞。水母最後的末路，是變得像寒天葛粉般漂浮在水槽角落。真是殘忍。

但迷上了水母的父親卻毫不厭倦。他說不用花錢買水母，防波堤裡面想撈多少就有多少，用網子撈了鮮豔亮麗的水母回家。

他甚至累積了經驗，發現不能太貪心撈太大隻的，要不然水槽太小，一下子就會氧氣不足死掉了。

這商品真是造孽，母親嘆息，說就跟蠶寶寶一樣。大概是孩子們讀小學的時候，買來了可以養蠶寶寶製造絹絲團扇的觀察組合。

這個組合是讓蠶寶寶吃附送的桑葉成長，等到長成了終齡幼蟲，就放到團扇的扇骨上，讓蠶吐絲，就能完成一柄團扇，但想出這種玩意兒的人，肯定是沒在用腦。

被放到扇骨上的蠶想要結繭，但是在平坦的扇骨上不可能結出繭來，只能不斷地失敗掙扎，徒勞地吐絲，最後把自己綁死在團扇上。

這實在太殘忍啦，父親嘴上這麼說著，卻袖手旁觀，是母親剪斷蠶絲，把蠶救出來，用小盒子做成蠶蔟讓牠們在裡面結繭。

到底是哪裡不同呢？對蠶寶寶發揮的慈悲心，卻沒有發揮在水母身上。因此這天母親也被父親抓去奉陪撈水母。

車子開在貫穿田地的道路中，前方車輛陸續減速，大大地繞到對向車道，不曉得是在繞開什麼。

「是在幹嘛？」

父親訝異地看前方，母親搶先看出來了：
「孩子的爸，有貓！」
一隻大概只有拳頭大的貓從路邊的草叢裡爬了出來，前方車輛全是在閃避這隻貓。原以為父親也會閃過小貓離開，沒想到他把車子靠到小貓前面的路肩停了下來。父親下了車，所以母親也跟著下車。
下車一看，小貓正以驚天動地的音量大叫著。咪呀——！咪呀——！簡直就像警笛聲。是一隻偏乳白色的淡色玳瑁貓。
母親把小貓放回草叢裡，免得被車撞到，但小貓卻對抗似地再次爬了出來。不管推回去多少次，小貓就是執意要爬出來。
「帶回去怎麼樣？丟在這裡會死掉吧。」
咦咦！母親懷疑自己聽錯了。他們正在前往撈水母殺生的路上。對蠶慈悲、對貓慈悲、對水母無慈悲，界線到底在哪裡？
為小虎送終時，母親心想自己再也沒辦法養貓了。她實在沒有心力再次承受這樣的死別。
然而一旦有了把小貓帶回家的選項，對於拚命攀住人類的手，全力求生的貓咪，實在難以放手。
「廁所那些，小虎的都還留著吧。」

把貓用品處理掉，感覺就好像小虎的痕跡會全部消失，所以都還沒有丟掉。

結果這天的水母殺生之旅中止，小貓來到了家裡。

小貓身上是跳蚤天堂，多到甚至可以清楚地看見有跳蚤在鬍鬚墊上爬行，便帶去給獸醫點了跳蚤藥。是剛開眼的母貓。檢查期間，明明還是個小不點，卻表現得像隻猛獸。

住附近的二女兒火速趕回家──帶著搖搖晃晃學步的孫子。

「得幫他取個名字呢。叫小天怎麼樣？這個名字很可愛吧？」

二女兒說，小天原本是小孩名字的最終候選之一，但最後沒有中選。和夫家的姓氏放在一起，語感不太好，所以沒有被選中，但她似乎很中意這個名字。

因為沒有其他方案，因此決定叫小天。

母親一開始幫他餵奶，但小天很快就把奶嘴咬斷了。挖幼貓罐頭給他吃，小天便狼吞虎嚥起來，一副「就是這個！幹嘛不拿這個來！」的態度。

縣外的大女兒也為了看貓，丟下老公回娘家了。她老是推說工作忙，一年回家一趟就算好的了。

「妳啊，平常根本不回家。」

「不不不，小貓錯過這個時期就看不到了，當然要回來啊。」

可是，到底吹的是什麼風？家人們悄悄談論的主題，果然還是父親。對於主動說要撿貓的父親，家人的解釋都不同。

「是其實爸爸很疼小虎嗎？」

「怎麼可能？小虎死掉的時候，他也只有一句『這樣』。」

「明明殺了一堆水母呢。」

站在母親的立場，只希望父親不要再對水母濫殺無辜，沒想到小貓意外地解決了這個問題。

有一次家裡的水母剛好都死了，空掉的水槽放在房間裡，結果小天窩在水槽裡，十分愜意的樣子。乾燥的空水槽，對貓來說就只是個透明的箱子吧。

「孩子的爸，小天好像很中意水槽耶。」

後來小天便經常窩在水槽，父親什麼也沒說，但似乎不再外出擄水母為奴了。小天窩膩的時候，母親也把水槽收起來了，這時父親也沒有特別抗議什麼。

各人解釋不同的父親，在兒子回家時，謎團似乎解開了一些。

你媽憔悴了不少，是不是再去要一隻貓來比較好？

據說父親曾在兒子面前如此喃喃道。但一如往例，他不會主動去向別人要來新的貓，因此有小貓自己爬到車子前面，算是順水推舟吧。

正值可愛年紀的小貓不知為何，特別喜歡父親，每次父親走動，就用全身挨上去磨蹭。明明父親根本不照顧貓，在腳邊繞來繞去礙事的時候，有時還會輕輕把他踢開，小貓卻不改愛慕，實在神秘。

但是被如此依戀，就算是冷血無情的男人，似乎還是會忍不住湧出疼愛之情。宣稱喜歡的動物是鬣狗，尤其斑鬣狗最好的父親，開始會為了小天買玩具回來。

小天也玩得很捧場，因此父親每次出門就會買玩具回來。雖然也有不捧場的玩具，但思考為何不得小天的喜愛，似乎也是種樂趣。父親也曾經迷上在百元商品店物色貓會喜歡的東西，這時候三天兩頭就買回一整袋零碎玩意兒堆在家裡，讓母親相當頭疼。

喜歡開車四處逛的父親，終於把車賣了。

「實在是老啦，不知不覺間車距就拉得好大。」

忘了幾年前，他曾如此嘀咕。

父親以前都會在超車道飆車到限速邊緣，但後來幾乎不再開到超車道了。輕微刮傷車體也成了家常便飯，但有一次以相當快的速度擦撞民宅牆壁，兒子說「萬一撞到人就不可挽回了」，形同沒收地把車給賣了。

不再開車後，父親一口氣老了。他不是那種沒車就改坐公車或電車的乖乖牌。因為不出門，一整天穿著睡衣窩在家裡遊手好閒，腰腿也一眨眼就衰弱下去了。明明才年過古稀，腰卻佝僂成這樣的老人，這年頭除了父親以外，就只有漫畫日本民間故事裡登場的老爺爺了。

嘴巴刻薄的二女兒說：「髮夾嗎？」差點沒把母親笑死。說髮夾是太過火了，但父親的腰真的彎到彷彿在做前屈運動。

運動一下比較好吧——但父親不是會聽勸的人。沒收車子的時候和父親吵得很兇的兒子說：「只要不殺人，隨便他愛做什麼吧。」

母親一直對孩子們說，你們爸爸喜歡水母，想趁他還能走的時候，帶他去山形的水母水族館看看，最後大女兒夫妻接下了這個任務。

從住家到山形沒有直達車，因此前一晚住在關西的大女兒家，隔天出發。到機場接父母的大女兒在接機口陷入驚愕。乘客都下機以後，等了好久，父母卻還沒有出現。大概等了五到十分鐘左右。

兩人出現時，大女兒完全沒想到那是自己的父母。

「還以為來了個失能老人跟看護，覺得看起來很辛苦。」

辛苦的是要帶著這兩人旅行的他們。帶著失能老人和看護的旅程，多虧了優秀的女婿，總算是沒讓人死在路上。

但是父親心中的水母熱潮似乎早已過去了，對於重頭戲的水族館，他並未顯得特別開心。眾人的一番用心等於是白費了，但也確實很像我行我素的父親。

至於小天，已經完全長成大貓了。小貓時期在獸醫那裡展現的猛獸特質旺盛發展，現在甚至不可能把他裝進外出籠裡了。母親訓誡他：「小天，要是你生病了，媽媽會在家盡量照顧你，可是也只能做到這樣囉。」

最後帶小天去看獸醫已經是好幾年前的事了，聽說獸醫看到小天，露骨地表現出排斥的樣子。因為每次替小天看診，獸醫和工作人員都一定會見血。

如今回想，小虎真是隻溫和懂事的貓——舊貓的評價頓時攀升。

明明應該嬌生慣養，怎麼會養成這麼兇暴的貓？像住在遠地的大女兒偶爾返鄉，只是經過旁邊，就會被利爪伺候。躺在沙發睡午覺，小天就會瞄準喉嚨飛撲過來，完全就是要人命。

母親看不下去，說「這是小天最愛的罐罐，妳來餵他」，拿了高級貓罐頭給大女兒餵，結果小天一口都不吃。誰要吃妳的手餵的臭東西！

「動物是會看人的。」

父親開心地說著這種惹人厭的話，他似乎還是老樣子，很得小天的愛慕。

父親終於連上二樓都懶了，搬到起居室旁邊的佛堂去，鋪在那裡的被褥完全成了他的窩，除了吃飯和如廁以外，就是一隻蓑蛾蟲。只要父親起身，小天不管身在哪裡，都會立刻飛奔而至，在父親蹣跚而行的腳邊繞來繞去。還是一樣會不小心被踢到，但小天對父親的愛卻沒有絲毫減退的樣子。

「這隻貓是豬油蒙了眼。」
大女兒氣沖沖的，但依舊不認輸。
「小天的優點就只有那張臉。」
確實，小天長得很漂亮。從小貓的時候就特別可愛。
「他可能記得是爸爸把他撿回來的。很聰明啊。」
警戒心有多強，就有多聰明。
不斷地遭受小天冷落的大女兒，終於自己養起貓來了。雖然長相類型和小天不同，但也相當可愛。
「爸，我們家的貓也很可愛喔。」
回家的大女兒打開手機相簿給父親看，卻被父親嗤之以鼻：
「世上有哪隻貓不可愛？」
什麼?!全家人都驚呆了。這話居然出自你的口中？看來家人對父親的理解錯得離譜。父親以前是絕對不可能做出這種甜膩膩的貓奴發言的。儘管如此，如果小天絆住他走路，他還是一樣會輕輕把他踢走。
蹣跚搖晃、磨蹭磨蹭。蹣跚搖晃、磨蹭磨蹭。蹣跚搖晃、磨蹭磨蹭。老頭與貓咪的組合，彷彿數百年如一日，永遠持續下去。

一方面是因為當地的風氣，父親喝酒是海量，而且也是個大菸槍，大家都說他絕對會死於肝硬化，要不然就是肺癌，沒想到兩邊都中獎了。

父親酒量變小了呢，抽菸有時候會嗆到呢——家人都這麼想，但父親一點都沒有不適的樣子，蹣跚搖晃地維持穩定低點，因此大家都視為自然的老化現象。

衰退的腳力對家人來說反而才是個大問題。父親曾經一度臥床，無法自力起身，被送進醫院了。

在美女復健師半哄半騙下進行復健，父親漸漸又可以慢慢起身，接著又能蹣跚步行了。復健中心都說父親是奇蹟式的復活。

美女復健師建議做健康檢查，結果一檢查才發現，不管是肝硬化還是肺癌都到了末期，無藥可醫，醫生說父親居然還活著，簡直是不可思議。

眾人都說，既然也無法醫治了，住院未免太可憐了。而且父親原本就是我行我素的自由之人，住院會受到種種限制，壓力或許反而會縮短壽命。

家人沒有告訴本人，決定在家進行臨終照護。

父親這段人生，在盡情暢飲、燒柴似地抽菸中度過，感覺也像是該來的終於來了。

母親的照護無微不至，就像為第一隻貓送終那樣殷勤。也許是這個緣故，父親的身體狀況維持穩定。單身主義的兒子搬回老家協助，也占了重要的因素。

睡覺、醒來，睡覺、睡覺、睡覺、醒來。父親過著這樣的日子，某天有點痴呆了。還沒吃飯嗎？飯已經吃了啊爸——這樣的對話開始了。也許是感覺飽足的功能衰退了，父親開始整天吵著肚子餓。

廚房傳來聲響，母親前去察看，一定都是父親在翻抽屜。父親會抱著挖到的零食，開心地回去床上，但他挖到的零食裡面，有時會摻雜小天的貓零食，教人傷腦筋。啾～嚕，啾～嚕，老頭啾嚕～

爸，那是小天的啦。母親好幾次像這樣沒收，泡來茶水，用人類的零食三更半夜舉辦茶會。被父親拆開的貓零食，就直接拿給小天吃。

直到昏迷的前一天，父親都在母親的攙扶下，白天到廁所如廁。蹣跚的腳步旁，小天繞來繞去，三不五時被踢到，也一如往常。

家人甚至覺得父親會這樣蹣跚地維持穩定低點，數百年如一日地繼續營業下去，但開始疼痛以後，便早早關門打烊了。父親是那種完全無法忍受一丁點痛苦的人，一直逃避看牙醫，年屆花甲前，口中就不剩半顆牙了。

父親在止痛劑馬拉松的過程中昏迷不醒，就這樣離開人世。也沒等到大女兒和女婿趕回家。

爸這輩子真是一點都不能忍呢——沒能趕上送終的大女兒說。

要等上兩天，火葬場才有空，因此遺體直接安置在家裡，但看起來就像一直在沉睡著。除了房間因為空調和乾冰而冷得不得了以外，沒什麼不同。

父親討厭繁文縟節，因此葬禮採取家祭。父親離開當成窩的佛堂，化成骨灰，再次回到佛堂。

原本使用的照護床，火葬期間，業者來收走了。撤掉床鋪後，設了簡單的祭壇，放上遺照和骨灰罈。

留在家裡顧家的小天不知何時冒了出來。

不知道他明不明白，只見他注視了祭壇半晌，撇頭離開了。

約一年多過去了。

原本只待到父親過世的兒子，結果繼續留在老家，開始過起母子和貓咪一起生活的日子。

可能是因為有兒子同住，母親並未消沉沮喪，過得很健康。

兒子不愛說話，母親聊天的對象是女兒們。她也經常打電話給住在遠方的大女兒。她起勁地說，等到季節溫暖了，想去神戶的動物園看兔猻。好像是幾年前在公共電視台的動物紀錄片上看到，愛上了兔猻，在兔猻成為熱門話題前就喜歡上這種動物了。

母親還把報紙上兔猻的報導剪下來寶貝地夾在桌墊底下，要不是為了照顧父親，她應該早就把大女兒的家當成旅館，自己跑去看了。

「對了，那隻兇貓過得好嗎？」

大女兒把絕對不肯親近她、想要咬破她喉嚨的小天叫做「兇貓」。

「別看小天這樣，他也是有可愛的地方的。」

母親總是如此為小天辯護，炫耀所有的貓都會有的一些動作。

「對了……」

這天有新的話題。因為正值冬天，為了避免空調暖氣外洩，會關上隔開佛堂和起居室的紙門。父親在世的時候，紙門都是打開來，兩個房間當成一間使用。

「只要關上紙門，小天就會抓門，好像在說：快點打開！」

幫他開門，他就會走到父親生前躺的床的位置，坐上一陣子。

就算父親先走一步，小天對他的愛慕似乎也絲毫未減。

「他真的好愛妳爸爸。搞不好小天是家裡最緬懷妳爸的人？」

人類的家人都視為該來的時候到了，在葬禮上哭了一場後，很快就轉換心情了。

「可是這隻貓實在沒眼光，爸連一頓飯都沒有餵過他吧？」

「當然了，妳爸從來沒有照顧過他。可是小天就是愛妳爸，真的很奇怪。」

父親活得恣意妄為，也有許多難以向人解釋的怪異言行。因為太不受拘束了，有許多可能會被人認為沒常識，或實際上也被視為沒常識的言行。就算惹來旁人生氣，他也是馬耳東風。

大女兒向人說起父親的事，女性朋友都一定會說：這是別人的爸爸，所以才覺得好玩，但如果是自己的爸爸，絕對會受不了。

但是父親被一隻貓如此一往情深地愛慕著，若問他是個好爸爸還是壞爸爸，還是當成好爸爸好了。

明明應該也不是多愛貓，晚年卻也說出了「世上沒有不可愛的貓」這種不按牌理出牌的發言，讓家人跌破眼鏡。

對水母殘酷，對貓慈悲。加減是正還是負？

雖然是個怪人、雖然也有教人頭痛的地方，但我還是要說：他是個深受貓咪喜愛的好父親。

fin.

# 貓咪的
# 最後時光

餐桌上有一只裝醬油的小碟子。

裡面掉了兩、三顆飯粒。是早餐剩下的吧，但量還足夠。

然後，餐桌上鋪著小花散布的桌巾。因為是小花圖案，空白處也完全足夠。

櫻庭浩太匆匆忙忙地把手掌蘸進小碟子的醬油裡，然後把沾上滿滿醬油的手掌，用力捺在小花之間的空白處。

捺了片刻，輕輕抬起手掌，淡藍色的布底開出一朵醬油色的梅花。

蓋得真好。

浩太著迷地看著自己的掌印，再次把手掌浸到小碟子裡的醬油中。

兩朵、三朵。藍底上，醬油色的梅花朵朵盛開。

今天蓋得真不錯。

四朵、五朵，正當浩太繼續增加梅花數目時……

「浩美，不可以！」

母親嚴厲的斥責聲響起。不妙，被抓包了！耳朵一顫，往後放倒。

接著……

「我做了什麼嗎？」

浩美說著，從走廊訝異地探頭看向客廳。是櫻庭家的二兒子。

然後，浩太是櫻庭家的三兒子——排行是這樣的，但是對浩太來說，浩太才是二兒子，浩美是三兒子。

母親「哎唷」了一聲，轉向浩美，哈哈笑了出來。

「抱歉抱歉，又叫錯了。我是說浩太啦，他又在當大畫家了。」

櫻庭家的家人，把浩太蓋掌印的行為稱為「當大畫家」。浩太又不是在畫畫，他實在不懂這個稱呼。

「你又來了。」

浩美走過來，朝浩太的額頭彈了一下。

「拜託一下好嗎？我們家的桌巾，全部都是你的腳印耶。」

母親埋怨著，抓住浩太，拎起抹布用力擦拭他沾滿醬油的右手。冰冰濕濕的怪不舒服的，浩太伸舌舔起手掌。

「我也想拜託一下媽好嗎？每次都誣賴我。」

「就不小心叫錯了嘛。明明昌浩就不會叫錯，真奇怪。」

母親就只會叫錯浩美和浩太，她從來不會把哥哥昌浩叫成浩太。

「算了，么兒被叫成寵物的名字，似乎是一種宿命。」

「咦，是這樣嗎？」

「這是我調查的結果。高中的時候我跟朋友聊起這件事，結果發現曾經被叫成寵物名字的，都是最小的孩子。」

母親拿抹布擦著桌巾上浩太的掌印，漫聲應道：「是喔？」

「我們家也是因為昌浩結婚搬出去的關係吧？就算要叫錯，也只剩下你了……」

「才不是呢。」浩美苦笑著抬槓，「從小媽就整天把我跟浩太叫錯好嗎？」

母親笑著打馬虎眼，接著說「還是只能用洗的」，放棄把桌巾擦乾淨。

「浩太怎麼會學會這種惡作劇呢？」

母親這言論，讓浩太皺起了鼻子。這才不是惡作劇呢，是預習。

為了該來的那個時刻，浩太必須練好捺掌印的技術才行。

🐾

浩太最早的記憶，就是全身冷得要命。

二十年前的梅雨時節，不知怎麼地，浩太被母貓丟下了。

當時他連眼睛都還沒睜開，為了尋找母貓的體溫，爬出藏身處，結果用盡力氣，被綿綿寒雨淋濕了。

照理說應該就此命斷雨中的浩太，卻被櫻庭家的父親撿回去了。

櫻庭家已經有貓了，是天生眼睛虹膜異常，原本要被寵物店處理掉的波斯貓，卻被櫻庭家的父親領養回來。換言之，父親似乎無法對遇到的動物困境見死不救。

所以你真的非常幸運喔——名叫黛安娜的波斯貓讓想念母貓的小貓吸著肚子，這麼說道。貓奶的話，父親會用笨拙的動作密集地餵他，但想要吸吮毛絨絨溫熱物體的欲望，奶瓶是無法滿足的。

「我也要餵奶！」

大兒子昌浩吵著要餵。黛安娜告訴浩太說，昌浩就快要有弟弟，要當哥哥了。

懷孕的母親正在住院。

「不行啦，不是那麼好餵的。」

實際上，昌浩唯一一次餵奶的時候，把奶瓶用力塞進小貓的嘴巴，害小貓乾嘔了。

父親去上班的時候，似乎是拜託住附近的母親的主婦朋友幫忙照顧。

不久後，每隔三小時的餵奶間隔拉長為五小時，再變成一天三次，這段過程中，小貓的眼睛也張開了。

也是在這個時候，櫻庭家的母親和二兒子從醫院回來了。

「哇，好像猴子！長得好奇怪！」

從幼稚園回來的昌浩如此怪叫，被母親一掌招呼過去，但黛安娜支持昌浩的感想，認為他說的一點都沒錯。不過她補充笑道：昌浩剛出生的時候，也像猴子一樣。

至於母親，她似乎非常期待看到自己離家期間父親撿回來的小貓。她一哄二兒子睡著後，立刻跑過來，歡呼：

「哇！好漂亮的鯖魚條紋[7]！」

浩太第一次知道，原來自己的花色叫鯖魚條紋。

「已經取好名字了嗎？」

父親支吾地說：「還沒有。」

「咦，不是已經撿了兩個星期了嗎？」

「因為還不確定要不要養，要是先取名字，不是就會有感情了嗎？」

父親打算等母親回來，再決定要不要收養小貓，但母親毫不猶豫：

「就養嘛，小貓好像也跟黛安娜很親。黛安娜是隻溫柔的好貓，對吧？」

黛安娜聞言，驕傲地挺起胸膛。

「名字叫什麼好呢？」

「幫貓取名字前，得先幫小孩取名字吧。」

人類似乎必須在出生兩星期以內，向公所登記取好的名字。要為二兒子取什麼名字，父親和母親討論了很久。因為哥哥叫昌浩，只決定名字裡面也要有「浩」，便列出了幾個有「浩」字的名字候補。

父親選了「浩美」，而母親在幾番猶豫之後，選了「浩太」。兩人一步也不退讓，最後猜拳決定，父親贏了。

母親似乎非常遺憾。

「浩美喔……這個名字也不壞，可是會被誤認為女生吧？還是浩太比較……」

「不可以反悔，這是經過嚴正猜拳之後的結果。如果妳這麼喜歡浩太這個名字，當成小貓的名字就好啦。」

——這就是浩太這個名字的由來。

有了浩美這個名字的二兒子，在浩太已經四處跑來跑去的時候，連自己翻身都還不會，只會在襁褓中手腳動來動去而已。

這小子沒問題嗎？真的會長大嗎？

浩太很擔心，但黛安娜打包票說沒問題。

昌浩剛生下來的時候也是那樣喔。人類比貓長得慢多了。

就算是這樣，這不會太慢了嗎？浩太三不五時就去探望只會像毛毛蟲一樣扭來扭去的浩美。

7. 譯註：即背部為鯖魚狀條紋，肚腹為白色的虎斑貓。

今天是不是終於會站了？浩太探頭看枕邊，結果今天還是一樣像毛毛蟲。日復一日都是如此。

快點站起來啊！萬一被媽媽丟掉怎麼辦！——浩太會被母貓拋棄，就是因為他是一隻遲遲站不起來的虛弱小貓。

浩太焦急地觀察浩美的睡臉，然後某一天，浩美突然張開眼睛了。

不曉得到底看不看得到，原本總是眼神渙散的黑眼珠明確地對焦了。

然後笑了。

聽到那開心的呀呀笑聲，母親過來察看，嚇了一大跳。

「不行不行，不可以咬嬰兒喔！」

沒禮貌！浩太正要離開，結果浩美忽然瘋狂大哭起來。

「咦，你想跟浩太在一起嗎？」

接著母親向浩太合掌：

「對不起喔，原來你是在陪浩美啊。」

知道就好。既然是媽媽，我就寬宏大量不計較吧——浩太重新在浩美的枕邊坐下來，瞬間浩美心情好轉，笑咪咪起來。

「太好了呢，浩美，浩太說要陪你喔。」

母親露出了融化般的笑容，戳了戳浩美圓滾滾的臉頰，接著又抓了抓浩太的下巴——原來如此。

看母親笑得這麼開心，毛毛蟲暫時應該不用擔心會被丟掉了。

太好了，浩太心想，舔了浩美散發奶香的額頭。結果浩美又呀呀發出開心的笑聲。

浩太每天陪浩美睡覺，漸漸地，浩美會自己翻身，滾來滾去，接著開始會爬，才剛看到他用兩腳站起來，搖搖晃晃開始走，一眨眼就像飆車族一樣滿屋子四處跑了。

但還是經常跌倒撞到，運動能力還不到家。相對地，浩太早已是隻獨當一面的成貓了。

人類真的長得好慢呢。

浩太傻眼地說，黛安娜也附和：就說吧？

在浩美長到昌浩那個年紀之前，貓都可以變成五次大貓了。

浩太還是小貓的時候，也覺得昌浩非常巨大，但現在只覺得他是隻小雞。

「家裡被兩個小流氓占據了。」

浩美上幼稚園，昌浩上小學的時候，母親如此發牢騷。

屋子裡的紙門全被撕破，不管重貼多少次，都沒完沒了，最後終於放任紙門破破爛爛地在那裡。

昌浩愈來愈常被家人叫「哥哥」，但也常被斥責「你是哥哥，要忍耐」，所以他經常鼓起腮幫子抗議「我才不要當什麼哥哥」。

「浩美就不會被說是哥哥所以要怎樣，奸詐！」
對於昌浩的抗議，父親和母親似乎也同意合情合理。
「那，也讓浩美當哥哥好了。」
母親提議說道。昌浩又鼓起腮幫子，「浩美又沒有弟弟。」但母親一本正經地說：「有浩太啊。」
喂喂喂，等一下——浩太錯愕極了。
不管怎麼說，我才是哥哥吧？先出生的也是我，而且我已經是大人了耶——就算浩太如此抗議，人類也聽不懂貓的話。
「浩美，你可以當浩太的哥哥吧？」
「可以！」
不行！——浩太的抗議一樣遭到忽視。
放棄吧，人類只聽得懂自己的話——黛安娜哈哈大笑。
「那，你要當一個好哥哥，當浩太的榜樣喔。」
父親這話，讓浩太大皺眉頭。不管是走路還是跑步、跳躍還是身段，沒有任何一樣是浩美這種黃毛小子可以教他的好嗎？
「你們兩個，吃飯前先把東西收拾好。你們是哥哥啊。」
「好～」兩人做出比平常更乖巧的回答，開始收拾散落整個房間的玩具和繪本。

就這樣，浩太是么兒的排行決定下來了，世上還有比這更吃虧的事嗎？

雖然現在體格也變大了不少——浩太仰望快中午才起床出來的浩美心想。現在浩美已經比父親，甚至比結婚搬出去的昌浩都還要高了。

浩美向母親道早安，立刻遭到逆襲「不早了」，縮了縮脖子。大學生這個職業似乎相當悠閒。

浩美路過時，用力搓了搓浩太的頭，走向冰箱拿出紙盒裝牛奶，直接就口喝起來。

「哎唷，拜託倒進杯子裡喝好嗎？」

「我要喝完了啦。」

如同宣言，喝光牛奶的浩美把空盒拿去沖水壓扁，丟進資源回收的垃圾桶。

哦，背後不設防。

浩太從正在休息的沙發跳出去，奔上浩美的背部。

「好痛！」

浩美尖叫的時候，浩太已經爬到肩膀上了。

「刺到我的背了啦，浩太！」

什麼話，不刺是要怎麼爬？

浩太踩在浩美的雙肩上，居高臨下，正在餐桌分類郵件的母親仰望著他咯咯笑：

「一天不爬一次就不甘心呢。」

「這也是浩太從小的習慣呢。以前都是爬老爸。」

咦？這個認知錯得離譜喔。浩太傻眼地用手戳戳浩美的髮旋。

浩美所謂的小時候，完全是浩美和昌浩小時候，可不是浩太小時候。浩太爬父親的時候，已經是大人了。

「到底是怎麼養成這種怪毛病的？」

「黛安娜就不會這樣，所以也不是模仿他姊姊呢。」

我是自發性地這麼做，才不是什麼毛病。而且契機是浩美自己（還有昌浩）。

連這件事都忘了，就算體格長大了，其實還是不可靠的小朋友呢。

那是浩太任意被排行為老么，正悶悶不樂的時候。

當時在櫻庭家，小孩子正流行騎在父親的肩膀上，父親休假的日子，小孩就會吵著要騎在父親肩上。

兩人怎麼也騎不膩，但父親只有一個，讓孩子騎累的父親終於直呼投降。

浩太觀察小孩吵著要騎肩膀，看出了規則。能騎在父親頭上的人最厲害。

因為只要讓父親扛著自己，就會變成最高的人。

那麼，不是讓父親抱到肩上，而是能自己爬上去的人，當然是最厲害的。

於是浩太瞄準目標，一口氣衝上父親的背。在父親的大聲慘叫當中，浩太牢牢地踩在父親的頭頂上，贏得了孩子們的尊敬。

後來昌浩飛快地長高，身高超越父親，因此浩太改爬昌浩——我是最高的，我最了不起，什麼老么，別開玩笑了！

過了幾年，換浩美身高超越了昌浩，因此浩太轉換攀爬的目標。可能是總算看出浩太爬的是身高最高的家人的規則，對浩太改爬浩美的背，昌浩似乎相當不甘心。

「喂，快點下來啦，很重耶。」

浩美想要把浩太抱下來，浩太不讓他得逞，自己跳下來。輕巧地一跳，華麗著地。好厲害！母親拍手喝采。

「這動作一點都不像二十歲的貓。毛皮也閃亮亮的。」

「對啊，上次去打預防針的時候，候診室的人都很吃驚，說二十歲的貓，毛居然這麼蓬鬆！」

那當然了。浩太驕傲地挺胸。託你們的福，我絲毫沒有變老的跡象。

就算差不多出現尾巴分岔成兩條的徵兆[8]，那也是天經地義。

8. 譯註：日本傳說，老貓的尾巴會分岔，變成妖怪「貓又」。

「午飯怎麼辦？你要去學校吃嗎？」
「吃過再去。」
「吃烏龍麵可以嗎？」
「什麼都可以。」
母親去廚房，浩美在椅子上坐下來，翻起桌上的報紙。
我看看——浩太也跳到桌上，循著浩美的目光，一屁股在報紙上坐下來。別看什麼報紙了，看看我如何？比起那些蠅頭小字，我這身美麗的灰色鯖魚條紋更賞心悅目。還有這身亮麗柔軟的毛皮，可以盡情撫摸不用錢喔。
「人家在看報紙，幹嘛坐上來啦！」
「這種地方跟黛安娜一樣呢。」
母親懷念地笑道，傳來她切菜的規律節奏。從隱約飄來的氣味來看，似乎是在切烏龍麵的蔥花。這對貓來說，並不是什麼吸引人的食材。
黛安娜曾告訴他：貓吃到蔥會生病喔。
很快地，飄來高湯誘人的香氣，母親把兩個碗公放在托盤上端來。
「來，久等囉。」
母親把碗公擺到浩美和自己的座位前面。
先前的報紙攻防戰中斷，浩太跳到浩美的膝上。蜷成一團後，浩美的左手便理所當然地搭在浩太的背上。

「這也是，奇怪的毛病又復發了呢。」

母親苦笑。

什麼話！浩太大感意外。明明一開始是母親叫浩太陪浩美吃飯的。當時浩美好不容易終於會咬食物了，他開始練習坐在小椅子上吃飯，但一下子就坐不住，想要跑掉，母親拿他沒辦法，便命令浩太陪著浩美。

你看，浩太說要一起坐著，所以你也要乖乖坐著吃飯。

母親的人選——貓還是正確的。浩太從浩美嬰兒時期就陪他一起睡覺，因此浩美非常愛浩太。

浩美坐膩了，母親就暫停餵食，讓浩美摸摸浩太，很快地，浩美就不再從椅子上逃亡了。

居然連一個人吃飯都不會——浩太傻眼極了。但既然浩美這麼親他，浩太身為家中的一分子，也只好兩肋插刀了。後來浩太就一直陪著浩美吃飯。

等到浩美不必在小桌子前吃飯，學會坐在大餐桌前吃飯時，浩太的陪伴自然也就停止了。但仔細想想，在大餐桌吃飯照樣可以陪，因此這幾年浩太又恢復了這項業務。

「這樣不是很難吃飯嗎？」

「還好啊，還是可以吃。浩太年紀也大了，可能變得怕寂寞了吧。」

隨你怎麼說吧，沒有我連飯都不會吃的可是你。

「可是單手吃飯很沒規矩耶，得想個法子才行。」

母親每次都這麼說，卻還沒有想出治本之道。浩美今天也只用右手吃飯，吃完右手有空了，就搔搔浩太的喉嚨。

對對對，就是那裡，再右邊一點。

「那，我去學校了。」

浩美把浩太從膝蓋放下，站了起來，母親叫住他：

「等一下，這些是你的。」

遞給他的，是在煮飯前分類的郵件。

「你最近信件很多呢。」

「我申請了很多求職講座那些。」

浩美接下郵件，把第一張明信片翻過來，皺起眉頭：

「這我不要。是美容廣告嘛。」

「哎呀，又把你當成女生了吧。」

就如同母親一開始擔心的，浩美這個名字很容易被誤會是女生。

「成人式的時候，還收到和服的廣告信呢。」

「一定是賣個資的業者，可是最起碼也該搞清楚性別吧？」

浩美埋怨著說，把明信片還給母親，「幫我丟掉。」

「啊！上面有折價券。媽可以拿去用嗎？」

「請請請，要拉皮還是幹嘛都請便。」

「皺紋有辦法拉平嗎？」

母親一本正經，左右拉開兩邊臉頰。

「我覺得浩美是個好名字啦，但是如果不會像這樣被搞錯就好了。」

浩美埋怨道，母親停止拉扯臉皮微笑：

「你喜歡這名字？」

「是啊。」

「那，下次直接跟你爸說吧。」

是啊，還是應該說一下呢——浩太也在內心一起點頭。

浩美尷尬地笑了笑，應道「下次吧」，就離開客廳了。

「我討厭浩美這個名字！」

上小學以後，浩美開始像這樣耍任性。

好像是第一次點名的時候，導師把浩美的名字誤認為女生。

櫻庭浩美同學，是小美呢——導師這麼說出口後，接下來的反應搞砸了。

啊，糟糕，因為浩美同學的睫毛像女生一樣又長又可愛，所以老師搞錯了。

結果從此全班都調侃他「小美」，深深地傷了浩美的自尊心。

但父親的心被傷得更深。

「我討厭死浩美這個名字了！」

每次浩美鬧脾氣，父親就一臉快哭出來的表情。二兒子出生時，經過嚴正的猜拳決定的「浩美」這個名字，是父親命名的。

「不要這樣說，浩美是個好名字啊。裡面也有媽媽的名字。」

母親的名字叫明美。昌浩的名字，「昌」字是從父親的「和昌」來的，因此父親似乎決定下一個孩子要有和長男一樣的「浩」字，再加上母親的「美」，取名為「浩美」。

「浩美」的讀音是HIROMI，是男女通用的名字，所以不管生下來的孩子是男是女都沒問題——在知道孩子的性別以前，父親似乎就對這個名字相當滿意。

「既然是男生，或許應該叫『明浩』或『浩明』呢。」

母親嘻嘻笑道，父親更是快哭了。

「至少應該叫『美浩』嗎……」

「開玩笑的啦。」

母親摸了摸沮喪的父親的頭。

「取父母名字的第二個字，然後兄弟用『浩』字統一，名字接龍。很容易看出一家人命名的規則，我覺得是很棒的名字啊。」

「一點都不好！」

母親努力打圓場，卻被浩美粉碎了。

「我比較想要浩太的名字！我要跟浩太交換！」

矛頭突然指向自己，浩太嚇了一跳。我可不想被扯進爭端。

「浩太的話，一看就是男生的名字。我出生的時候，媽媽也本來要把我取名叫浩太對吧？」

父親終於垂頭喪氣地走掉了。

「啊啊……爸爸好可憐。」

昌浩故意大聲說。浩美似乎有些心虛了，但昌浩接下來出招出錯了：

「浩美真是個壞小孩～」

「我才不壞！」

一轉眼又固執起來了。

「我要跟浩太換名字！」

「不可以。」

母親不予理會。

「人家都當了六年的浩太，突然換名字，浩太也會很困擾的。」

「才不會，反正浩太是貓。」

「因為是貓就不尊重人家，媽媽討厭這樣的小孩。」

母親的「討厭」似乎殺傷力極強，浩美頓時不吭聲了。浩太從底下探頭看浩美，浩美猛地撇過頭去，好像有點淚眼汪汪了。

母親似乎也覺得說得有點過火了，抱住浩美：

「浩太也用了浩太這個名字六年，被大家疼愛，你卻要搶走這個充滿大家愛情的名字，這樣浩太不是很可憐嗎？」

浩美一副無法信服的表情。

「浩美這個名字，也充滿了家人對你六年來的愛情啊。浩美，你要丟掉媽媽對你的愛嗎？」

母親「哇哇」假哭，演技爛到沒話說，但浩美驚慌失措起來，「我沒有！」

浩美似乎並未完全接受，但可能是覺得不可以害母親哭泣，百般不願地聽話了。

真是的，為了一個名字，人類居然可以吵成這樣。浩太聳了聳肩，黛安娜了然於心地笑著。

對人類來說，名字是非常重要的啊。幫我取名字的時候，爸爸和媽媽也吵了很久，黛安娜說。

黛安娜變成櫻庭家的貓，是昌浩出生前的事了。

當時爸爸和媽媽也是猜拳決定的喔。

黛安娜是媽媽喜歡的《清秀佳人》這本書裡面的角色名字。爸爸想要取別的名字。

富拉瑪？好怪的名字喔，浩太說。

聽說這是爸爸媽媽新婚旅行的時候住的外國飯店的名字喔。

父親領養黛安娜的時候，他們剛新婚旅行回來不久。

父親好像想要把新婚旅行的回憶留在貓的名字裡面，但母親對那家飯店印象最深刻的卻是把鑰匙忘在房間，被反鎖在外面，她不想留下這種回憶，所以支持黛安娜這個名字。

爸爸從以前就是個浪漫的人呢，黛安娜說。

為二兒子取名的時候，想要像大兒子那樣，以同樣的形式放進妻子的名字，這部分確實很甜蜜。

這天晚上，父親去了浩美的房間，以立下悲壯決心的表情開口說：

「我說浩美啊，你現在雖然沒辦法立刻把名字換掉，但等你長大了，如果還是一樣討厭自己的名字，聽說可以向法院申請改名。所以雖然沒辦法現在立刻讓你換名字，但可以等到你長大以後，再重新考慮嗎？」

窩在浩美床腳的浩太用鼻尖碰了碰浩美的腳底。

喂，你還沒睡吧？快跟爸爸說你不要改名。

其實你也知道，被朋友捉弄根本不算什麼吧？

浩美嫌煩地用腳尖推開浩太的頭，所以他應該是醒的，卻對父親裝睡。

名字風波會戛然止息，都多虧了暑假來玩的親戚皐月。

當時讀國一的皐月是個甜姊兒，人美心也美，櫻庭家的孩子們都很喜歡她。

昌浩和浩美理所當然地爭奪起皐月，凡事都要較勁。有時爭著表現，就會吵起來。

不曉得是怎麼提起的，當時昌浩指責起浩美一直為了名字跟父親鬧脾氣的事。

「什麼嘛，只不過是老師叫你小美而已，就生悶氣生個沒完。」

尷尬的浩美氣得臉都紅了。他用力捶打昌浩，昌浩也不服輸地回擊，一下子就演變成扭打了。

皐月介入調停，依序聆聽爭著為自己辯解的男生們的說法，接著一臉奇妙地問：

「浩美，你討厭自己的名字嗎？」

「因為，」浩美含糊其詞地垂下頭去，「大家都笑說像女生的名字。」

「可是我很喜歡浩美這個名字耶。」
皐月說，靦腆地笑了。
「我幼稚園第一個喜歡的男生，名字也叫HIROMI。雖然字不一樣。」
九局下半逆轉滿壘再見全壘打！——這句話對浩美來說，似乎就是具有如此震撼性的效果。
而且皐月還說她初戀的HIROMI有多帥多棒，更是不用說了。
「只是剛好名字同音而已！皐月喜歡的又不是浩美！」
昌浩一再潑冷水強調，但浩美全不在意，歡天喜地。
「妳真是救世主。」
母親笑著膜拜皐月。
「浩美好像很討厭被朋友捉弄，對這件事一直耿耿於懷。他爸爸難過死了。」
「那，你也得跟叔叔說對不起才行。」
皐月規勸地說，但浩美似乎很窘，推說「下次啦」，逃避道歉。
但從此以後，浩美再也不會為了名字不開心，也不會再吵著要跟浩太換名字了。
新學期開始後，好像也沒有朋友拿他的名字取笑了。簡而言之，就是浩美動怒大家才覺得好玩，只要浩美不在乎，別人自然也不會拿這件事做文章了。
皐月是讓浩美了解自己的名字很美好的恩人——對一直為此沮喪的父親也是。

到了隔年暑假，皐月也成了浩太的恩人。

隔年，浩美的暑假從憂鬱萬分的狀態開始。

因為學校養的兔子在暑假前過世了，剛好就在輪到浩美的班級照顧的時候。值日生必須帶蔬菜到學校餵食兔子，浩美也卯起來帶了紅蘿蔔和高麗菜。兔子小屋的打掃，也是眾人爭先恐後。

如此寵愛的兔子，某天早上卻突然沒了呼吸，變得冰冷。全校都為了兔子的死而悲傷，剛好輪到照顧的浩美的班級，更是悲痛不已。

「媽，什麼是天年？」

某天放學回家的浩美問母親。

孩子們甚至想要舉行檢討會，反省是不是因為他們照顧不周，才會害兔子死掉，但導師向學生們說明，兔子的死因是天年到了。

兔子上了年紀，到了天年，這不是任何人的責任。

浩美不是為了錯不在他們而安心，似乎更好奇天年到了就會死掉這件事。

母親絞盡腦汁，不知該如何解釋，正值反抗期的昌浩壞心眼地從旁插口：

「天年就是天年啊。天年到了，每個人都會死掉，你不曉得喔？」

其實，最近昌浩自己也才為了這件事憂心忡忡，甚至失眠了一陣子。他會半夜抱住母親啼哭：爸爸媽媽有一天也會死掉嗎？

也許是因為自己深為苦惱過，所以想要逞一下威風。

「不只是兔子而已，浩太還有黛安娜也很快就會死掉了。還有……」

「昌浩！」

母親生氣地把昌浩趕走了。是想搶在他接著說「爸爸媽媽也會死掉」之前，把他趕出房間吧。

但是對浩美來說，光是浩太和黛安娜也會像兔子一樣死掉，對他就夠震撼了。

「我不要！」

浩美暴哭起來，那哭法就像小嬰兒那時候一樣。

「我不要浩太死掉！我也不要黛安娜死掉！」

會先說到浩太，並非浩美不疼黛安娜，而是因為浩美和浩太的感情特別好。兩人幾乎同時出生，後來就一直形影不離。浩美嬰兒時期，浩太每天都睡在他身邊，也陪他一起吃飯。

雖然是一貓一人，但兩人情同兄弟。突然聽到像兄弟一樣的貓咪會死掉，不可能有哪個小孩不會哭。

不管怎麼說，昌浩這次真的太過分了，浩太不悅地甩動尾巴。

「別擔心，浩太和黛安娜都還很健康，他們會很長壽的。」

母親拚命安撫浩美，浩美後來也哭累了，收住了眼淚。

但浩太和黛安娜遲早會死掉這件事並未獲得解決。浩美整個人無精打采，就這樣鬱鬱寡歡地進入了暑假。

有時也會睡著睡著，一行眼淚就這樣滑下臉頰。浩太不曉得在夜半巡邏時為他舔掉多少次眼淚。

我說，黛安娜。

浩太在半夜的客廳裡問黛安娜。

我們沒辦法活得比浩美更久嗎？

只要比浩美多活一天就好了。光是這樣，就能解決浩美的苦惱了。

很遺憾，這應該很難——黛安娜回應說。

人類如果長壽的話，可以活到近百歲，但我從來沒聽說過貓可以活上這麼久的。

就沒有辦法嗎？我實在看不下去浩美這麼難過。

就在兩隻貓心痛不已的暑假一開始，皐月再度來到了這個家。

最喜歡的皐月來玩，浩美似乎恢復了元氣，但依然不時露出悲傷的神情，吐出沉重的嘆息。

當時皐月正在指導兩人寫功課。

浩美又沉重地嘆了一口氣，似乎也無心寫功課。
「你怎麼了？」
皐月才剛問了這麼一句，浩美的眼淚就像壞掉的水龍頭般流了出來，去年被導師說像女生的修長睫毛滴下了淚水。
浩美說出學校的兔子在暑假前死掉的事，昌浩尷尬地扭了扭身體。
但浩美非常有男子氣概，他完全沒提到昌浩壞心眼的發言。
「浩太和黛安娜也是，總有一天也會死掉嗎？」
「這個嘛……」
皐月為難地歪起了頭。這個問題對國二生來說實在不勝負荷。
「可是，浩太和黛安娜是貓啊。」
是貓所以怎麼樣？浩太忍不住探出身體聆聽皐月的話。黛安娜也是一樣的反應。
「聽說貓只要活上十年，就會變成妖怪……咦，還是二十年？」
是幾年去了？皐月沉思起來，想到一半放棄了：
「總之，聽說被人養的貓如果活得很久，就會變成妖怪。」
「我知道。」昌浩低聲插嘴：「會變成『貓又』，尾巴會分岔成兩條。」
「對對對，就是那個。」皐月點頭，就像在說「說得好」。
浩美半信半疑地問：

「變成貓又就不會死了嗎？」

「應該就不會死了吧，因為就變成妖怪了啊。沒聽說過妖怪會死的。」

浩美的表情乍然亮了起來，彷彿在黑暗中看見了光明。

「浩太和黛安娜會變成貓又嗎?!」

「黛安娜已經十四歲了吧？我覺得算是長壽的，可能有機會喔。」

對吧？皐月向昌浩徵求同意。昌浩看著作業簿，一語不發。

也沒有反駁說「世上才沒有什麼妖怪」。

「萬歲！」

浩美歡呼起來。好久沒有看到他發自內心的笑容了。

接下來只要浩太和黛安娜變成貓又，一切問題都解決了。

到底要怎麼樣才能變成貓又？只要活得夠久，自然就會變成貓又嗎？還是需要辦理某些手續吧？——這是黛安娜的意見。

人類只要遇到任何變動，都一定要去公所辦手續。出生的時候、死掉的時候、結婚的時候都是。昌浩和浩美出生的時候，也去公所報了戶口喔。那時候浩太你還是小貓，可能不記得了吧。

這麼說來——浩太也想起來了，那是去年浩美吵著要改名的時候。

父親說，要改名必須去法院申請。

一定就是這樣，貓變成貓又的時候，也要去公所或法院申請——可是，申請或手續那些，具體來說到底是什麼？

一定是文件呀。

黛安娜自信十足地這麼說。

昌浩和浩美去公所報戶口的時候，爸爸和媽媽也填了文件。填上要填的內容，然後蓋印章喔。

怎麼辦，我們不會寫字耶。

但是蓋印章的話，貓也能蓋吧？

可是，貓用的印章要在哪裡弄到？

——這成了一項長期的難題。

然後，黛安娜終於沒能來得及得到她的印章。

「我回來了～」

從大學回來的浩美招呼道。母親從廚房出聲：

「你回來得剛好，可以幫我去買個東西嗎？」
把包包放到客廳沙發的浩美忍不住露出有點厭煩的表情：
「幹嘛不在我回來之前傳訊息給我嘛。」
「我剛剛才想到忘記買啊。」
「好啦好啦，要買什麼？」
儘管嘴上抱怨，但遇到母親這類請託，浩美從來沒有一次拒絕。
「蟹肉棒。」
「啊，」浩美露出恍然的表情，「今天是祭日嗎？」
「對啊，要供在佛壇上的。」
蟹肉棒是黛安娜最愛吃的零食。黛安娜在浩美小學四年級的時候過世了。
在酷寒的隆冬之中，一個彷彿令人舒口氣的暖和日子，黛安娜啟程離開了。
「已經十年啦……」
「黛安娜活得很久了，活了十六歲呢。」母親說。
「只差一步就可以變貓又了說。」
浩美和母親相視輕笑——喔，好久沒提到貓又的話題囉。
家裡還有我啊。
浩太一口氣衝上浩美的背，浩美喊著「痛痛痛」，縮起了脖子。浩太用四肢牢牢地踩住那顆縮起來的頭上。

「不行啦，我要去買東西了。」

浩美伸手要把浩太抱下來，浩太閃開那隻手，輕巧地華麗著地，接著用身體磨蹭浩美的膝蓋，浩美笑著搔了搔浩太的喉嚨。

「你已經二十一歲啦？要是可以變成貓又就好了。」

包在我身上。黛安娜雖然沒能來得及，但我已經找到我的印章了。

浩美只帶了錢包，準備離開客廳，母親的聲音追上去：「順便一下！」有人出門辦事時，母親總是有一堆順便。

「去洗衣店拿西裝回來。已經洗好了。」

「啊，妳幫我送洗了嗎？謝謝。」

浩美正式展開求職活動，經常穿著像父親一樣的西裝出門。

「快點喔，你爸回來馬上就要吃飯了。」

「要求很多耶。」

浩美笑著走向玄關，浩太也緊跟上去送行。

不要買錯囉，黛安娜的蟹肉棒要減鹽口味的。

「浩太也想要什麼嗎？」

浩美摸了摸浩太的頭出門，幫浩太買了鱈魚起司回來。

天生異常的一隻眼睛變得混濁，黛安娜一眨眼就失去了一邊的視力。

剩下的一隻眼睛也不斷地惡化，可能是視力模糊導致不敢任意走動，除了如廁和吃飯以外，黛安娜幾乎哪裡都不去了。

如此一來，食欲也漸漸減退，原本亮麗的毛皮變得愈來愈粗糙了——變得就像一隻老貓。

獸醫好像說我的天年到了。

很遺憾，看來我沒辦法變成貓又。

整隻貓變得老態龍鍾的黛安娜遺憾地如此喃喃說——貓用印章還是不曉得可以在哪裡弄到。

浩太沒有多餘的安慰。黛安娜的生命已經到了盡頭。

黛安娜不是能夠變成貓又的貓。只是這樣罷了。

貓不會違逆造訪的天理。

不曉得浩美會不會哭個沒完？黛安娜說。

沒事的，我會陪著他，浩太說。

交給你囉。

那年冬季特別酷寒。在徹骨的凍寒之中，一個喘息般回暖的日子。
黛安娜在眾人的看顧下，靜靜地停止了呼吸。
浩太，希望你可以變成貓又。
黛安娜最後留下這句話啟程了。
浩美大哭了一場，整整一天沒有吃飯，但隔天就像要補回來似地大吃了一頓。
好好吃飯，好好睡一覺，就沒事了。
努力吃飯，努力睡覺的浩美一天天長大。
變得更大、更強壯，能夠承受的悲傷的容量一點一滴增加。
就算想到黛安娜不在了，也不再眼眶含淚了。就算黛安娜不在了，也可以繼續歡笑了。
可是，有時候還是會在睡夢中哭泣。
浩太會偷偷地為他舔去鹹鹹的淚水。
沒事的，有我陪著你。我會變成貓又，為你送終。
這也是黛安娜的遺願。
印章、印章，貓用的印章。辦理成為貓又的手續的貓用印章在哪裡？
——答案卻輕易揭曉了。

「麻煩請蓋章。」

送宅配的小哥都會說這句話。

母親都把收宅配的印章放在玄關，在送貨員遞出來的收據上蓋章領貨。

可是，那天玄關的印章不曉得掉到哪裡去了，找不到。

母親問送貨員：

「蓋指印可以嗎？」

「可以啊。」

母親把自己的食指捺在印泥上，按在送貨員的收據上。

浩太在一旁看到了來龍去脈。

太驚人了！尋尋覓覓的青鳥原來一直都在家裡！

貓的印章，也天生就在自己的手掌上。

既然發現了印章，接下來只需要練習。母親有時候會蓋印章失敗，在宅配的單子上重蓋。

為了避免這種情形，必須能精準地蓋好印章才行——

此後，浩太便賣力地練習蓋掌印。

母親忘了收印泥時，浩太當然就會飛奔而至。年底父親在蓋賀年卡的圖案印章時，他也在純白的明信片上蓋滿了掌印。

「浩太！」

父親慘叫，但母親說「畫成梅花就好了」，用自來水毛筆添上樹枝混過去。

用來畫作業圖畫的浩美的顏料、翻倒的番茄醬，還有雖然不是紅色，但留在小碟子裡的醬油，只是練習的話，完全堪用。

接下來就只等文件送來。

想必過不了多久，分類郵件的母親就會把寄到家的文件轉交給浩太，「這是寄給浩太的喔。」

浩美經過漫長的求職活動，成功進入志願的旅行公司上班。

大學的時候，他在社團旅行中擔任幹事，似乎覺得意外地有趣。

收到公司內定通知那天，全家人為了慶祝，雖然並非祭日，但也在黛安娜的遺照前供上蟹肉棒，給了浩太雞胸肉乾。

這天昌浩沒有回家，但下次回來時，送領帶給浩美作為慶祝他出社會的禮物。

當然，父母也各別給了浩美禮物。父親送了手錶，母親送了一個縫成環狀的布。

看到母親送的禮物，浩美一臉詫異：

「這是什麼？」

「揹帶。這樣用。」

母親把布打斜掛到身上，將浩太抱進呈袋狀的布裡。

「其實是用來放嬰兒的，不過也可以揹貓。這樣兩手就有空了，對吧？」

「真的耶。」

吃飯的時候，浩太都跳到腿上來坐，因此浩美都用單手吃飯。

「是很方便啦……可是這算是我的禮物嗎？不是浩美的禮物嗎？」

「媽一直想要解決那個問題，剛好發現這東西。」

「唔，是沒關係啦。」

後來浩美吃飯的時候，都把浩太裝在揹帶裡抱著他吃。

「不過這隻貓真是好笑呢，登山貓、畫家貓，老了又變成抱抱貓。」

父親說道。母親也開玩笑地接著說：

「可能很快就會兩腳直立走路囉。」

「那不就妖怪貓了嗎？」

浩美笑著，撫摸揹帶裡的浩太。

「你要努力變成貓又喔。」

告訴浩太貓又的事的皐月，現在偶爾也會打電話來。她在當地的公司上班，好像已經升到可以帶人的職位了。

不久後冬天到來，黛安娜的祭日再次過去，春天來了。

浩美也穿上西裝開始上班了。

「我去上班了！」

浩美正要出門，母親叫住他：

「鬍碴。」

母親說著，拍了一下自己的下巴示意。浩美衝進盥洗室，拿起電動刮鬍刀。

喔，背後不設防。

浩太搖晃屁股想要衝上去，被浩美在前一秒發現閃開了。跳躍失敗。

「不可以啦，這是西裝，抓破就麻煩了。」

新買的西裝和過去穿的襯衫或運動服似乎不一樣。

嘖，這次就放過你好了。但是三次裡面，有兩次可以成功趁隙爬上去。

漸漸地，浩美也習慣西裝被浩太攀爬了，現在都讓浩太坐在西裝肩膀處刮鬍子。

「媽，明天我想吃豬排。」

某天浩美從公司回來，這麼拜託母親。是浩美出社會剛好滿半年的秋天。

「咦？怎麼了？有什麼考試嗎？」

浩美不挑食，什麼都愛吃，很少要求要煮什麼。會特別要求的，頂多就只有重要考試的前一天，想吃豬排求吉利[9]。

可是，他不是都畢業了嗎？浩太正兀自不解，浩美揭曉了謎底：

「嗯，有執照考試。」

這麼說來，這陣子浩美都像大學考試那時期一樣，晚上伏案苦讀。

母親發揮全副廚藝做了豬排。浩太想用碟子裡剩下的豬排醬蓋掌印，母親尖叫：「住手住手！」被父親和浩美兩人聯手阻止了。

然後隔天早上，浩美意氣風發地出門考試去了。

接下來過了約一個月，正在整理郵件的母親驚呼：

「啊！這會不會是及格通知？」

母親坐立難安地等浩美回家，努力若無其事地把通知書遞給浩美。

浩美緊張萬分地拆開信封。

不知道是母親的豬排效果，還是浩美努力的成果，浩美順利通過考試了。

浩太眼角餘光看著歡呼的母子倆，聞了聞通知文件——這些文件不用蓋章嗎？

「怎麼啦，浩太？你要讀嗎？」

不是不是，只是奇怪我的文件怎麼都還沒收到——但浩美似乎誤以為浩太感興趣，為他說明文件內容。

「只要有這個證照，就可以擔任海外旅行團的導遊了。」

「最快什麼時候可以導遊？」

母親問。浩美歪著頭說：

「不確定耶。快的人，好像進公司一年就可以導遊了。」

會是哪裡、什麼時候？浩美似乎滿懷期待。

冬天到來，黛安娜的祭日過去，很快就要春天了。

就在這樣的某一天。

浩美在盥洗室刮鬍子。

噢，背後不設防。

浩太跳躍飛撲，想要一口氣衝上去——咦咦咦？

回過神的時候，浩太從浩美的背上掉下來了。浩美回頭，驚訝地俯視浩太。

失敗失敗，今天狀況好像不太好——浩太尷尬地匆匆退場。

但是從這天後，浩太再也沒有奔上浩美的背了。不管挑戰多少次，都無法爬到頂。

不光是這樣，餐桌也沒辦法一口氣跳上去了。必須先跳到椅子上，再跳到桌面。

看來，逮到黛安娜的衰老，似乎也逮到了浩太。

9. 譯註：日文的豬排（tonkatsu）和勝利（katsu）部分同音，因此被視為考試前求好運的食物。

哎呀，怎麼會這樣？——有點疏忽大意了，因為皐月說過，活上二十年就可以變成貓又了啊。

浩太二十三歲了。下一個梅雨季到來，就二十四歲了。

都活了這麼久了，浩太還篤定一定可以就這樣順利變成貓又。

浩太的文件已經不會寄來了。

啊～啊，虧我練習了這麼多捺掌印的技巧。

春天就快來了。冷氣團與春風彼此較勁，氣溫遲遲穩定不下來。

乍暖還寒的這時節，浩太不小心感冒了。眼睛的瞬膜掉了出來，母親驚慌失措地把浩太帶去看獸醫。

獸醫幫浩太打點滴，但感冒遲遲未癒，把體力全消磨光了——他心知肚明。

已經不長了。

就在這時候——浩美第一次要帶團了。

「要去哪裡？」

「法國。聽說是去聖米歇爾山的行程。」

「太好了，你不是一直很想去嗎？」

母親歡快地說，但演技有點假惺惺。

「我是很想去……可是為什麼偏偏是這時候……」

「沒辦法啊，要是說擔心家裡的貓，沒辦法帶團，會丟飯碗的。」

母親用滴管把藥水從浩太的嘴邊灌進去。浩太一開始還會排斥掙扎，但現在都任憑擺布了。

因為要是無謂地反抗，只會讓剩下的時間不斷地減少。

「沒事的，就一個星期而已，浩太會等你的。」

母親這麼說著，但自己也不相信這句話。

雖然沒有人相信，但我相信我自己。

我一定能等到浩美回來。

去吧。都活了二十三年了，豈有再一個星期都等不了的道理？

浩美不斷地撫摸浩太粗糙的毛皮，彷彿生離死別一般，然後出發帶團去了。

浩美每天都打電話回家。不分早晚。

有時電話會在天快亮的時刻響起，但母親一次都沒有發出厭煩的聲音。

「沒事，他都有好好吃藥。」

住在遠地的昌浩也回來看過一次。

「這應該是最後一次看到他了。」

昌浩依依不捨地待到半夜，開車回去了。

一晚過去，兩晚過去……今天是第幾天了……

極盡寧靜的睡意如浪濤般湧近。

要是被這浪濤給吞沒，一定就再也不會醒來了。

我不怕，因為黛安娜也去了那個地方。

總有一天，每個人都會過去。爸爸、媽媽、昌浩——還有浩美。

啊，可是，不能為浩美送終，是我的遺憾。難得皐月告訴我貓又的事。

掌印也捺得這麼好了。

只要一天就好，要是能活得比浩美更久就好了。

可是，浩美已經長得這麼大了。變大、變壯，個子也變成全家最高的一個。高到連浩太都爬不上去了。

所以一定不會有問題了。

變大、變壯的身體，能夠承受的悲傷的量一定也增加了許多。

濃濃的睡意陣陣湧上來。

忽然間，一隻大手摸上腦袋。手指搔著下巴，就這樣滑到耳後搔抓。

喉嚨不由自主地響了起來。

住手，這麼舒服，我會睡著的。睡著了就再也醒不來了。

浩太——好像聽到浩美呼喚的聲音。
浩美。
浩美。浩美。浩美。
這是個好名字啊。被朋友取笑，只是小事。
昌浩的昌來自父親，浩美的美來自母親。和昌浩一樣都有個浩字，接龍的名字。
我的名字也有個浩字。
再也找不到這麼像一家人、如此緊密相連的名字了。
所以你要跟爸爸說，這是個好名字喔——

父親開車到機場迎接。
走高速公路，到家的車程約一小時。
「快去吧。」
父親這麼說，因此浩美在車庫前下車用跑的。
玄關門沒有鎖，浩美踢掉鞋子衝進去。
客廳裡最溫暖的地方，設了讓浩太休息的床鋪。

母親哭紅了眼睛陪伴著。

「……還……？」

母親點點頭——還活著。

浩美驚恐地悄悄靠近，跪下來撫摸鯖魚條紋的小巧的頭。

搔搔下巴，抓抓耳後。

浩太的喉嚨開始呼嚕作響——還活著。

「浩太……」

呼喚的聲音沙啞了。浩太也聲音沙啞地輕叫了一聲。

家人們一個接著一個，不停地撫摸浩太，浩太的喉嚨也回應似的，不時呼嚕作響。

接近凌晨的時候，喉間的呼嚕聲忽然中斷了。

啊，睡著了——進入夢鄉，喉嚨再也不會呼嚕響了。

不知為何，並不感到悲傷。

只有滿滿的感謝。

「他在等你回來呢。」

母親的聲音很平靜。

「為了不讓你的第一份導遊工作留下悲傷的回憶。」

父親笑了：

「登山貓、畫家貓、抱抱貓，垂死前又是這麼貼心的貓。真是多才多藝。」

「爸。」

浩美也不知道為什麼是這個時候，只是一股衝動，讓他脫口而出。

「我的名字很棒呢。」

「怎麼突然說這個？」

「就覺得是個好名字……」

浩美輕輕撫摸還帶有體溫的浩太的身體。

「就算重新投胎，我還是想繼續當爸爸媽媽的小孩，然後一樣再取浩美這個名字，養浩太，要是這樣就好了。」

「你忘記昌浩了啦。」母親開玩笑說。

「哥拜託的話，我可以讓他當我哥。」

哥哥一定也會說，如果你求我，我就讓你當我弟。

「所以再把哥哥取名叫昌浩，把我取名叫浩美吧。」

「嗯，好啊……」

可是為什麼要現在說這個？父親仍一臉訝異。

fin.

國家圖書館出版品預行編目資料

貓咪的最後時光 / 有川浩 著；王華懋 譯.--初版.--臺北市：皇冠. 2023.2
面；公分. --（皇冠叢書；第5071種）
（大賞；144）
譯自：みとりねこ

ISBN 978-957-33-3980-9（平裝）

861.57　　111022163

皇冠叢書第5071種
**大賞144**

# 貓咪的最後時光

みとりねこ



作　　者—有川浩
譯　　者—王華懋
發 行 人—平　雲
出版發行—皇冠文化出版有限公司
台北市敦化北路120巷50號
電話◎02-27168888
郵撥帳號◎15261516號
皇冠出版社(香港)有限公司
香港銅鑼灣道180號百樂商業中心
19字樓1903室
電話◎2529-1778　傳真◎2527-0904
總 編 輯—許婷婷
責任編輯—張懿祥
美術設計—嚴昱琳
行銷企劃—鄭雅方
著作完成日期—2021年
初版一刷日期—2023年2月

法律顧問—王惠光律師
有著作權・翻印必究
如有破損或裝訂錯誤，請寄回本社更換
讀者服務傳真專線◎02-27150507
電腦編號◎506144
ISBN◎978-957-33-3980-9
Printed in Taiwan
本書定價◎新台幣340元/港幣113元